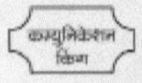 A Happy Thoughts Initiative

वार्तालाप का जादू
कम्युनिकेशन
के बेहतरीन तरीके

A Practical Guide to Effective Communication

वार्तालाप
का जादू
कम्युनिकेशन
के बेहतरीन तरीके

A Practical Guide to Effective Communication

By Tejgyan Global Foundation

प्रथम आवृत्ति : फरवरी २०१९
द्वितीय आवृत्ति : जुलाई २०१९
प्रकाशक : वॉव पब्लिशिंग्ज़् प्रा. लि., पुणे

© Tejgyan Global Foundation
All Rights Reserved 2019.

Tejgyan Global Foundation is a charitable organization with its headquarters in Pune, India.

© सर्वाधिकार सुरक्षित
वॉव पब्लिशिंग्ज़् प्रा. लि. द्वारा प्रकाशित यह पुस्तक इस शर्त पर विक्रय की जा रही है कि प्रकाशक की लिखित पूर्वानुमति के बिना इसे व्यावसायिक अथवा अन्य किसी भी रूप में उपयोग नहीं किया जा सकता। इसे पुनः प्रकाशित कर बेचा या किराए पर नहीं दिया जा सकता तथा जिल्दबंद या खुले किसी भी अन्य रूप में पाठकों के मध्य इसका परिचालन नहीं किया जा सकता। ये सभी शर्तें पुस्तक के खरीददार पर भी लागू होंगी। इस संदर्भ में सभी प्रकाशनाधिकार सुरक्षित हैं। इस पुस्तक का आंशिक रूप में पुनः प्रकाशन या पुनः प्रकाशनार्थ अपने रिकॉर्ड में सुरक्षित रखने, इसे पुनः प्रस्तुत करने की प्रति अपनाने, इसका अनूदित रूप तैयार करने अथवा इलेक्ट्रॉनिक, मैकेनिकल, फोटोकॉपी और रिकॉर्डिंग आदि किसी भी पद्धति से इसका उपयोग करने हेतु समस्त प्रकाशनाधिकार रखनेवाले अधिकारी तथा पुस्तक के प्रकाशक की पूर्वानुमति लेना अनिवार्य है।

Vaartalaap Ka Jaadu **Communication** Ke Behatarin Tarike

A Practical Guide to Effective Communication

यह पुस्तक समर्पित है
उन लोगों को जिन्होंने कम्युनिकेशन को
एक 'कला' के रूप में प्रस्तुत किया।
जिस वजह से कई लोगों ने इस विषय पर
महारत हासिल कर सफलता की राह पाई।

कम्युनिकेशन विषय सूची

प्रस्तावना	पुअर कम्युनिकेशन से कम्युनिकेशन किंग कैसे बनें	7
	कम्युनिकेशन प्रिपरेशन...	11
खण्ड १	**मिस-कम्युनिकेशन से गुड कम्युनिकेशन**	13
भाग 1	मिस–कम्युनिकेशन से कैसे बचें	15
भाग 2	सुनने की क्षमता कैसे बढ़ाएँ	21
भाग 3	सही शब्दों का इतेमाल कैसे करें	29
भाग 4	वाणी में मधुरता कैसे और क्यों रखें	35
भाग 5	हम और तुम शब्द का सही जगह इस्तेमाल कैसे करें	40
खण्ड २	**लोगों से वार्तालाप कैसे करें**	45
भाग 6	प्रशंसा भरे वाक्य कैसे कहें	47
भाग 7	लोगों की आत्मछवि का खयाल रखने की आवश्यकता क्यों है	51
भाग 8	आप सही रहना पसंद करेंगे या खुश रहना	57
भाग 9	निंदक क्यों न बनें	61
भाग 10	क्रिटि–गाईड कैसे करें	65
खण्ड ३	**परिवार में कम्युनिकेशन कैसे हो**	73
भाग 11	परिवार में प्लॅटफॉर्म कैसे बनाएँ	75
भाग 12	रिश्ते दीवार नहीं, दर्पण कैसे बनें	84

भाग 13	कम्युनिकेशन में सेफ्टी कैसे रखें	89
भाग 14	जुड़ाव की भावना कैसे और क्यों निर्माण करें	96
खण्ड ४	**कम्युनिकेशन के तरीके**	**101**
भाग 15	**पहला तरीका** – सही सवाल कैसे और क्यों पूछें	103
भाग 16	**दूसरा तरीका** – आदरयुक्त सीधी बात कैसे करें	107
भाग 17	**तीसरा तरीका** – मुद्दे पर अटल कैसे रहें	113
भाग 18	**चौथा तरीका** – 'ना' कैसे कहा जाए	123
भाग 19	**पाँचवाँ तरीका** – कठिन वार्तालाप कैसे करें	128
भाग 20	**छठवाँ तरीका** – अनकही बात कैसे कहें	134
	कम्युनिकेशन विथ गॉड – परिशिष्ट	145
	तेजज्ञान फाउण्डेशन की जानकारी	149-160

पुअर कम्युनिकेशन से कम्युनिकेशन किंग कैसे बनें

प्रस्तावना

एक स्कूल में बच्चों के लिए अनोखी प्रतियोगिता रखी गई थी, जिससे उनकी कम्युनिकेशन* निखरनेवाली थी। उस प्रतियोगिता का नाम था 'कम्युनिकेशन किंग।' इस प्रतियोगिता में सभी बच्चों को स्टेज पर भेजा गया और उनके हाथों में एक-एक पर्ची दी गई। हर पर्ची में एक शब्द लिखा गया था। उन बच्चों को स्टेज पर एक्टिंग करके वह शब्द लोगों तक पहुँचाना था। लेकिन इसमें खास बात यह थी कि उन्हें बिना कुछ बोले उसे बयान करना था ताकि बाकी के बच्चे उस शब्द को समझें और उसे बता पाएँ।

जैसे एक बच्चा ऑटो बना था... तो ऑटो कैसी चलती है, वह उस पर एक्टिंग कर रहा था। कोई बच्चा हवाई जहाज़ बना था तो वह उसे वैसे ही दर्शा रहा था। कोई पतंग बना था तो कोई सितारा बना था... इत्यादि।

शब्दकोश के अनुसार कम्युनिकेशन का अर्थ- यह सूचना भेजने की प्रक्रिया है जिसमें, जानकारी पहुँचाने के लिए ऐसे माध्यम (medium) का प्रयोग किया जाता है, जिससे भेजी गई जानकारी, बोलनेवाले और प्राप्तकर्ता दोनों समझ सकें। यह एक ऐसी प्रक्रिया है जिसके द्वारा प्राणी विभिन्न माध्यमों के द्वारा सूचना का आदान प्रदान कर सकते हैं।
इस पुस्तक में कम्युनिकेशन के लिए - वार्तालाप, संवाद, संप्रेषण इन शब्दों का भी प्रयोग किया गया है।

हर बच्चा कुछ न कुछ खुद के बारे में बताने की कोशिश कर रहा था। लेकिन मज़े की बात यह थी कि सामने बैठे हुए बच्चे उसे पहचान नहीं पा रहे थे। वह उसे देखकर कुछ अलग ही नाम दे रहे थे। जिससे एक्टिंग करनेवाले बच्चे को गुस्सा आ रहा था या वह निराश हो रहा था।

ऐसे खेल आपने भी देखे और खेले होंगे, जिसमें बिना कुछ बोले सामनेवाले तक अपना शब्द या संदेश पहुँचाना होता है, जिसे सामनेवाला कभी समझ पाता है और कभी नहीं।

आप सोच रहे होंगे इस खेल का कम्युनिकेशन से क्या संबंध? अगर आप वाकई इस बात पर गौर करेंगे तो आपको पता चलेगा कि ऐसा ही कुछ हमारे कम्युनिकेशन के साथ भी होता है। हालाँकि हम कहते तो शब्दों में ही हैं लेकिन फिर भी सामनेवाला कभी-कभी हमारी बात समझता है तो कभी उसका अपना अर्थ निकालकर गलत समझ बैठता है। यह है मिस-कम्युनिकेशन, जिससे रिश्तों और लोगों में गलतफहमी तैयार हो जाती है।

कम्युनिकेशन किंग का अर्थ ही है, जो कम्युनिकेशन में इतना माहिर हो गया है कि उसके कम्युनिकेशन से कोई मिस कम्युनिकेशन नहीं बल्कि उत्तम कम्युनिकेशन होती है।

अगर आप देखेंगे तो इस पूरी पृथ्वी पर हर कोई कुछ न कुछ कम्युनिकेट कर ही रहा है। सूरज से लेकर इंसानों तक और हवाओं से लेकर प्राणी-पक्षियों तक।

जैसे सूरज जब निकलता है तो कुदरत इस बात का इज़हार कर रहा होती है कि सुबह हो चुकी है और उसे देख लोग अपने-अपने कामों में लग जाते हैं। कितना खूबसूरत तरीका है, कुछ न कहते हुए भी सब कुछ कह दिया।

लेकिन इन सबमें इंसान ही एक ऐसा प्राणी है, जिसे ईश्वर ने बोलने की, विचार करने की क्षमता दी है। उसे यह वरदान मिला है कि वह अपनी बातों को किसी के सामने प्रस्तुत कर सके, उस पर सोच सके।

कम्युनिकेशन, जीवन में कितनी अहमियत रखता है, यह अगर देखना हो तो अपने आस-पास के लोगों पर गौर करें। कहीं न कहीं कोई किसी के बारे में शिकायत करता मिल जाएगा, 'फलाँ इंसान को तो बोलने की तमीज़ ही नहीं है.... वह बड़ा मुँहफट है'... 'पड़ोस की आँटी से हर कोई बचना चाहता है क्योंकि वह

बहुत ज़्यादा बोलती है, किसी को बोलने का मौका ही नहीं देती'... 'पड़ोस के भाई साहब को कोई पसंद नहीं करता क्योंकि वे हमेशा बढ़ा-चढ़ाकर बात करते हैं।' इस तरह देखें तो सबके साथ यह समस्या है। यह है वार्तालाप के जादू यानी कम्युनिकेशन कौशल की कमी।

नौकरी के लिए कई लोग इंटरव्यू देने जाते हैं मगर उनमें से कुछ ही लोग सिलेक्ट हो पाते हैं क्योंकि लोग कहना कुछ और चाहते हैं मगर कहते कुछ और हैं। ऐसे में इंटरव्यू लेनेवाले को यह लगता है कि 'इसे ज़्यादा कुछ नहीं आता।' जबकि हकीकत कुछ और ही होती है। सब कुछ पता होने के बावजूद भी, सिर्फ कहने का ढंग अलग होता है इसलिए वह इंटरव्यू में फेल हो जाता है। जबकि यदि उसमें कम्युनिकेशन कौशल होता तो वह इंटरव्यू में सिलेक्ट हो जाता।

कम्युनिकेशन कौशल की अहमियत यहाँ हमने समझी। जिसमें सबसे महत्वपूर्ण योगदान हमारे शब्दों का होता है। इस पुस्तक में अधिकतर इसी विषय को उठाया गया है।

सदियों से यह कहावत चली आई है, 'ज़ुबान से आदमी दुश्मन को भी दोस्त बना सकता है और दोस्त को दुश्मन।' इसी लिए आइए हम भी इस पुस्तक द्वारा ज़ुबान को अपना दोस्त बनाना सीखें। साथ ही वार्तालाप का जादू और कम्युनिकेशन के बेहतरीन तरीके सीखकर, कम्युनिकेशन किंग बनने की शुरुआत करें।

...हॅपी थॉट्स

कम्युनिकेशन प्रिपरेशन...

कम्युनिकेशन कौशल का मतलब बहुत ज़्यादा बोलना या शेखी बघारना नहीं है। कम्युनिकेशन कौशल का अर्थ है किस बात को, किस तरह और कब बोलना है, कहाँ बोलना है, कितना बोलना और कहाँ चुप रहना है। यह समझना ही कम्युनिकेशन कौशल हासिल करना है। साथ ही बातचीत के दौरान एक इंसान साम नेवाले को जो संदेश देना चाहता है, वही उसे मिल जाए तो यह सही कम्युनिकेशन अर्थात संप्रेषण है।

ऐसा नहीं है कि इंसान के मन में जो-जो बातें आती हैं, उन सबको वैसा का वैसा वाणी में लाना है बल्कि परिस्थिति अनुसार बुद्धि का उपयोग करते हुए, उसे सही तरीके से कम्युनिकेट करना ज़रूरी है। किसी पागल व्यक्ति और सामान्य इंसान के बीच यही अंतर होता है कि वह सोचकर बोलता है, जबकि पागल मन में आ रही हर बात बोलता है क्योंकि उसकी बुद्धि निष्क्रिय हो गई होती है।

अत: इंसान कितना भी बुद्धिमान हो पर बोलने की कला न जानता हो या अपनी बात को ठीक तरह से पेश न कर पाता हो तो आज के समय में उसका अपने क्षेत्र में आगे बढ़ना मुश्किल सा हो जाता है। क्योंकि वाणी हमेशा दूसरों के लिए होती है और वही हमारी बात न समझा पाए तो इसका मतलब है कि हमें बोलने की कला (आर्ट ऑफ टॉकिंग) सीखने की अत्यंत आवश्यकता है।

इसलिए जिस तरह लिखने में कॉमा, पूर्ण विराम आदि का ध्यान रखा जाता है, उसी प्रकार बोलने में भी यदि शब्द, वाणी, देह भाषा, आवाज़ के उतार-चढ़ाव और कम्युनिकेशन करने के सही तरीकों का ध्यान रखा जाए तो बोलने की कला में निखार आता है।

'उत्तम कम्युनिकेशन' एक कला है। जिस प्रकार, तैराकी सीखने के लिए आपको निरंतर प्रयास करना पड़ता है, उसी प्रकार कम्युनिकेशन प्रिपरेशन के लिए आपको निरंतर प्रैक्टिस करनी होगी। क्योंकि कम्युनिकेशन कौशल किसी को सिखाया नहीं जा सकता, हाँ, इससे संबंधित मार्गदर्शन ज़रूर दिया जा सकता है, जो इस पुस्तक के माध्यम से आपको दिया जा रहा है। जिसकी सहायता से आपको स्वयं ही इसका अभ्यास करना होगा। जिसके लिए आप हर रात सोने से पहले इस तरह मनन कर सकते हैं :

- आज दिनभर मेरी किन-किन लोगों से बात हुई?
- उनके साथ बात करते समय मुझसे कौन-कौन सी गलतियाँ हुईं?
- मैंने कौन से गलत शब्दों का उपयोग किया?
- ऐसे कौन से शब्द थे, जिनकी जगह पर मैं अन्य सकारात्मक शब्दों का इस्तेमाल कर सकता था?
- बात करते वक्त मेरी देह भाषा (बॉडी लैंग्वेज) कैसी थी?

इस तरह के मनन से तथा इस पुस्तक में दिए जा रहे सोलह तरीकों का इस्तेमाल अपने रोज़मर्रा के कम्युनिकेशन में करके आपके कम्युनिकेशन कौशल में निरंतरता से विकास होगा। आइए, कम्युनिकशन प्रिपरेशन के बाद, पुस्तक की शुरुआत पहले खण्ड से करते हैं...

खण्ड १
मिस-कम्युनिकेशन से गुड कम्युनिकेशन

बातचीत का ढंग और सुनहरे नियम की मिसाल

पोरस की पराजय के बाद जब उसे सिकंदर के सामने लाया गया तब सिकंदर ने उससे पूछा, 'बताओ तुम्हारे साथ कैसा व्यवहार किया जाए' तब पोरस ने जवाब दिया, 'बिलकुल उस तरह जिस तरह एक राजा दूसरे राजा से साथ करता है।'

यह गोल्डन रूल की मिसाल है, जो आपने भी सुना होगा 'आप लोगों से ऐसा व्यवहार करें जैसा आप चाहते हैं लोग आपसे करें।'

हर इंसान चाहता है सामनेवाला उसके साथ अच्छा व्यवहार करे, अपने बोलचाल में आदरयुक्त शब्दों का प्रयोग करे। उसके शब्दों में मधुरता हो, वाणी में मिठास हो आदि। इसलिए यह रूल बताया गया है।

इसी नियम को यदि विस्तार से समझना हो तो वह होगा सुनहरा नियम। जो कहता है- 'आप लोगों से ऐसा व्यवहार करें, जैसा आप चाहते हैं लोग आपसे, जो आप हैं, वह बनकर (आपका असली स्वरूप) व्यवहार करें।

आपका असली स्वरूप क्या है? जब आप अपनी शुद्ध, खालिस, कोरी अवस्था में होते हैं, बिलकुल एक छोटे बच्चे की तरह तब आप अपने असली स्वरूप में होते हैं।

बच्चे शुद्ध, निर्मल और मासूम होते हैं। उनका कोमल हृदय प्रेम, आनंद, मौन से भरा होता है। वे सामनेवाले को अनुमान या भेद-भाव से नहीं बल्कि खुद की तरह अच्छाई की नज़र से देखते हैं। मगर बड़े होने के बाद मन आकर उनकी शुद्धता और पवित्रता को ढक देता है। उन्हें दूसरों में गुणों की बजाय दोष और कमियाँ दिखाई देने लगती हैं। जब वे पुनः मौन में जाकर अपने असली स्वभाव पर लौटते हैं तब उन्हें एक नई दृष्टि मिलती है। जिससे वे सभी में सुंदरता, सच्चाई और अच्छाई देखने लगते हैं। परिणामस्वरूप उनके बोलचाल में भी मिठास और व्यवहार में प्रेम, आदर एवं विनम्रता झलकने लगती है।

अतः जब आप अपने असली स्वरूप को जानेंगे तब आपको सामनेवाले में भी वही दिखाई देगा और आपकी बातचीत का ढंग पूर्ण रूप से बदल जाएगा।

1
मिस–कम्युनिकेशन से कैसे बचें

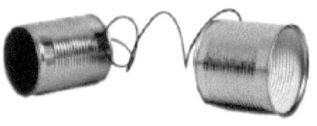

इंसान के लिए कम्युनिकेशन न करना संभव नहीं है!

हर इंसान लगातार अपने शरीर, वाणी और हाव–भाव से कुछ न कुछ संवाद कर ही रहा होता है। कुछ न कहकर भी वह कुछ कह रहा होता है। इस कुछ न कहने या अनुमान लगाने के बीच कई बार अनजाने में गलतफहमियाँ और दूरियाँ पैदा होने लगती हैं।

इंसान जब जानबूझकर सामनेवाले को छिपाकर, घटाकर या बढ़ाकर जानकारी देता है, तब क्या होता है? तनाव और क्रोध बढ़ता है। ऑफिस या परिवार में यदि एक सदस्य को तनाव आया हो तो वह तनाव बात करते वक्त दूसरों को भी दे दिया जाता है। इस तरह केवल गलत वार्तालाप की वजह से कई बार लोगों के बीच भारी मन-मुटाव तैयार हो जाता है।

अलग-अलग परिस्थितियों में लोग गलतफहमी का शिकार होते रहते हैं, जिससे प्रेममय रिश्ते टूटने लगते हैं। ये

बातें आप टी.वी. धारावाहिकों में भी देखते हैं। टी.वी. के कार्यक्रम देखते वक्त आप धारावाहिक के किरदारों को गलतफहमी का निर्माण करते हुए देखते हैं। आपको ये कार्यक्रम, यदि घरवालों की वजह से देखने ही हैं तो इस दृष्टिकोण से देखने चाहिए ताकि आपके जीवन में ऐसी गलतफहमियाँ पैदा न हों।

अगर फिल्मों में रिश्तों में गलतफहमी होने के कारण और उन्हें दूर करने के उपाय सही ढंग से दिखाए जाएँ तो इंसान फिल्मों से भी सीख सकता है। जैसे एक फिल्म में दिखाया गया कि किस तरह दो लोगों ने आपसी गलतफहमी को दूर किया। पहला इंसान शरम के मारे बोल नहीं पा रहा था, दूसरे के सामने जा नहीं पा रहा था, उसकी आँख से आँख नहीं मिला पा रहा था इसलिए उसने एक पत्र लिखा। पत्र में उसने सामनेवाले को अपना शुभचिंतक कहा, उसकी सभी अच्छाइयाँ लिखीं। बाद में उसने अपनी शिकायत अच्छे शब्दों में लिखी और सामनेवाले को वह पत्र दे दिया। इस तरह उसकी समस्या सुलझ गई। जिसे देखकर लोग भी अपनी समस्या सुलझाने के बारे में सोच सकते हैं। लिखित संप्रेषण (कम्युनिकेशन) का जादू अनोखे ढंग से काम करता है। परिवार में एकता बढ़ाने के लिए पत्र और ग्रिटींग्जस् लेने-देने का प्रयोग करते रहना चाहिए।

आइए, अब गलतफहमी के कारणों को जानते हैं और उन्हें मिटाने की कोशिश करते हैं।

गलतफहमी का पहला कारण : सामनेवाले की बात याद न रहना – लोगों के बीच गलतफहमी पैदा होने के छोटे-छोटे कारण हैं। कई बार सामनेवाले ने हमें क्या बताया है या हमने सामनेवाले से क्या कहा है, यह याद न रहने के कारण आपस में गलतफहमी पैदा होती है। कई बार सामनेवाला हमारी बातें नहीं समझ पाता, और वह यह बात बता पाता है कि उसे समझ में नहीं आया है, इस वजह से भी गलतफहमी अपनी जगह बना लेती है।

गलतफहमी का दूसरा कारण : शब्दों का संदर्भ अलग होना– सुननेवाला अगर बतानेवाले की भाषा से परिचित नहीं है तो भी कई बार गलतफहमी पैदा होती है। एक ही शब्द कई लोग अलग-अलग संदर्भ (रेफरन्स) में इस्तेमाल करते हैं इसलिए गलतफहमी अपना फायदा लेती है।

इंसानी दिमाग की एक आदत होती है कि वह हर सुनी बात या देखी गई वस्तु, घटना को अपनी परिभाषा में कैद करना चाहता है। उसके मन में हर चीज़ या

घटना की एक परिभाषा बन जाती है। जैसे उसने इडली के बारे में परिभाषा बनाई हुई है कि वह गोल और सफेद होती है। अगर किसी दिन उसके सामने चौकोर और पीली इडली रख दी जाए तो वह पहली नज़र में उसको इडली नहीं, ढोकला कहेगा। बाद में चखकर या किसी के बताने पर ही मानेगा कि वह इडली है।

बिना पूरी बात सुने या जाने अनुमान लगाना, कथा बनाना या जजमेंट करना, ये आदतें ही कम्युनिकेशन में बाधा पैदा करती हैं। 'यह ऐसा होना चाहिए, वह वैसा होना चाहिए... ऐसा है तो अच्छा और ऐसा है तो बुरा... फलाँ ने मुझे यह बोल दिया यानी वह मुझे पसंद नहीं करता और फलाँ ने मेरी तारीफ की यानी वह मुझे बहुत पसंद करता है...।' इस तरह से वह कदम-कदम पर परिभाषाएँ बनाकर जजमेंट पास करते रहता है।

उदाहरण के लिए कुछ घरों में लोग अपने माता-पिता से 'तू' करके बात करते हैं, इसका अर्थ यह नहीं कि वे माता-पिता का सम्मान नहीं करते, उन्हें प्यार नहीं करते। लेकिन यदि उन्हें ऐसे बातचीत करते हुए कोई लखनवी इंसान देख ले, जो अपने से छोटों को भी 'आप' लगाकर बात करता है तो वह अनुमान लगाएगा कि 'कितने बदतमीज़ बच्चे हैं, अपने माँ-बाप से तू-तड़क से बात करते हैं, उनकी जरा भी इज्जत नहीं करते' क्योंकि उसके दिमाग में आदर की परिभाषा 'आप' शब्द से जुड़ी हुई है।

ऐसे ही दो दोस्त कई दिनों बाद मिलते हैं। एक दोस्त दूसरे को जैकेट भेंट करते हुए कहता है, 'मैं पिछले महीने यू.के. गया था, वहाँ बहुत सर्दी होती है, वहीं से तुम्हारे लिए यह जैकेट लाया हूँ।' यह सुनकर पहले तो दूसरा दोस्त बहुत खुश होता है मगर जब जैकेट के टैग पर 'मेड इन इंडिया' देखता है तो चिढ़ जाता है कि यह मुझे बेवकूफ बना रहा है। वह भेद लेने के लिए पूछता है, 'अरे वाह! यू.के. (यूनाइटेड किंगडम) में कहाँ गए थे, लंदन या कहीं और?' तब पहला मित्र हँसते हुए बोला, 'अरे यार, मैं तो उतराखण्ड (यू.के) गया था... देहरादून...।'

ये दो उदाहरण साधारण लग सकते हैं मगर एक गहरी बात सिखाते हैं कि इसी तरह लोग अकसर सामनेवाले के शब्दों का अपना अर्थ लगाकर गलतफहमी का शिकार होते हैं। इसलिए शब्दों में न अटकते हुए उसके पीछे का अर्थ समझने का प्रयास करना चाहिए।

गलतफहमी का तीसरा कारण : गलत या अधूरी जानकारी देना – कई बार लोगों को

किसी चीज़ के बारे में गलत या अधूरी जानकारी होती है इसलिए वे दूसरों को भी गलत जानकारी दे देते हैं, गलतफहमी को फिर और क्या चाहिए! कई बार संबंधित इंसान को कुछ जानकारी देने की आवश्यकता लोगों को महसूस ही नहीं होती, इससे सामनेवाले को परेशानी उठानी पड़ती है। जो जानकारी आपके लिए बहुत छोटी है, हो सकता है वह सामनेवाले के लिए बहुत महत्त्व रखती हो। इसलिए जल्द से जल्द हर जानकारी संबंधित इंसान तक पहुँचाने की आदत अपने आपमें डाल दें। वरना फोन, ई-मेल, एस.एम.एस. का उपयोग कब करेंगे!

गलतफहमी का चौथा कारण : अनुमान लगाना– एक परिवार में एक दिन पिताजी बैठे अखबार पढ़ रहे थे और भाई कंप्यूटर पर बैठा कार्य कर रहा था, तभी उसकी छोटी बहन वहाँ दो सेब लेकर आई। उसने एक सेब दाँतों से काटकर एक निवाला खाया ही था कि भाई ने उससे कहा, 'एक सेब पिताजी को खिला दो।' बहन ने जब यह सुना तो उसने पहला सेब छोड़कर दूसरे सेब को चबाया।

यह देखकर भाई को बहुत गुस्सा आया। वह सोचने लगा, 'अरे यह कितनी स्वार्थी हो गई, पिताजी को देने के बजाय खुद अकेले ही खा रही है... ऊपर से दोनों सेब झूठे कर दिए ताकि कोई और न खा सके।' उसे डाँटने ही जा रहा था कि बहन पहलेवाला सेब पिताजी को देते हुए बोली, 'लीजिए पिताजी यह सेब खाइए, यह ज़्यादा मीठा है।' जैसे ही भाई ने यह बात सुनी तो वह रुक गया और मन ही मन अपनी सोच पर शर्मिंदा होने लगा।

एक घटना हुई और वह हम तक वैसे नहीं पहुँची, जैसे घटी थी बल्कि हमने उसको अपने नज़रिए से देखा और उसके बारे में कथाएँ बना डाली, अनुमान लगा डालें।

जब हम कुछ देखते-सुनते हैं तो उन बातों को वैसे का वैसा ग्रहण नहीं करते बल्कि उसमें अपनी सोच की कुछ मिक्सिंग करके या कुछ बातों को फिल्टर करके एक नई कथा तैयार कर, उसे ग्रहण करते हैं। हमारे लिए वही कथा सत्य होती है। वह कथा तब समाप्त होती है, जब हमें सही और पूरी बात पता चलती है लेकिन कई बार तब तक बहुत नुकसान हो चुका होता है। इसलिए अपने अनुमान तब तक अपने पास रखें, जब तक आपकी बात सही सिद्ध न हो जाए।

गलतफहमी का पाँचवाँ कारण : ठीक से न सुनना – कई बार सामनेवाला जब बात

कर रहा होता है तब हमारे मन में कुछ और विचार चल रहे होते हैं या हमारा ध्यान कहीं और होता है, जिस कारण सामनेवाले ने क्या कहा, यह हम ठीक ढंग से सुन ही नहीं पाते और गलतफहमी मौका पाकर अंदर प्रवेश करती है।

दूसरी ओर सामनेवाले को जानकारी देने के बाद हम यह नहीं जाँचते कि उसने हमारी बात सही समझी है या नहीं बल्कि हम यह पक्का मान लेते हैं कि 'सामनेवाले ने वही समझा जो मैंने कहा।' जिसके परिणामस्वरूप दोनों तरफ से गलतफहमी होने की संभावना बढ़ जाती है। अगले भाग में आप इस विषय को विस्तार से समझेंगे।

गलतफहमी का छठवाँ कारण : असुविधा के कारण बात टालना– चींटी से बचने के लिए लोग आगे जाकर चीते को आमंत्रित करते हैं। असुविधा की चींटी को टालने के लिए लोग कुछ बातें सामनेवाले को बताना नहीं चाहते, जो आगे चलकर बड़ी समस्या (चीते) का रूप लेकर सामने आती है। जैसे एक लड़का पहली बार अपने पिताजी की जेब से पैसे चुराता है। माँ उसे देख लेती है परंतु यह सोचकर कुछ नहीं कहती कि लड़का बड़ा हो रहा है, कहीं उसे बुरा न लग जाए... कहीं घर छोड़कर न चला जाए...। साथ ही वह पति को भी कुछ नहीं बताती, यह सोचकर कि बेटे को डाँट पड़ेगी। जिसका नतीजा यह होता है कि धीरे-धीरे लड़का रोज़ पैसे चुराने लगता है।

एक दिन वह रंगे हाथों पकड़ा जाता है। फिर उसे पूरे परिवार के सामने बहुत मार व डाँट पड़ती है। जिससे लड़के की आत्मछवि को ठेंस पहुँचती है। साथ ही पिताजी की भावनाओं को भी ठेंस पहुँचती है। अब माँ-पिताजी, दोनों अपने बेटे पर आसानी से भरोसा नहीं कर पाते। माँ को जितनी तकलीफ पहले होनेवाली थी, उससे कहीं अधिक तकलीफ बाद में होती है।

इसे ही कहा गया है चींटी से बचने के लिए चीते को आमंत्रित करना। अर्थात छोटी असुविधा को टालने के लिए बड़ी घटना को आमंत्रित करना। जिससे आगे चलकर गलतफहमियों की मज़बूत दीवार बनती जाती है।

इसलिए चाहे बताते वक्त बात कितनी भी अप्रिय लगे, चाहे सामनेवाला डाँटे मगर सही समय पर, सही शब्दों में कम्युनिकेशन हो। इससे आगे चलकर आप बहुत सारी परेशानियों से सहज ही बच जाते हैं।

गलतफहमी नामक बीमारी को रोकने के लिए बीमारी के कारणों को मिटा देना सबसे बेहतर उपाय है। अतः इस भाग में बताए गए सभी कारणों पर मनन करके अपने लिए एक कार्ययोजना बनाएँ कि आप आगे कैसे वार्तालाप करेंगे। फिर न रहेगा कारणों का बाँस, न बजेगी गलतफहमी की बाँसुरी।

कोई भी घटना परेशानी नहीं होती, वह परेशानी तब बनती है
जब आप अपनी भावनाओं को नकारात्मक शब्द देते हैं,
जिस कारण आप अपने ही शब्दों में उलझ जाते हैं।

-सरश्री

2
सुनने की क्षमता कैसे बढ़ाएँ

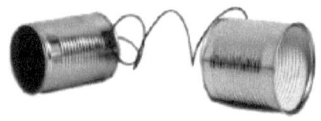

कम्युनिकेशन में सुनने की क्षमता का बड़ा महत्त्व है। विश्व की लगभग आधी कम्युनिकेशन की समस्याएँ सुलझ जाएँगी... यदि इंसान सिर्फ अपनी सुनने की क्षमता पूरी तरह विकसित कर ले। इस भाग में हम सिर्फ अपने सुनने की बात नहीं करेंगे बल्कि यह भी जानेंगे कि जब आप कुछ कह रहे हैं तो सामनेवाले की सुनने की क्षमता भी बढ़े।

जब हम सुनने की क्षमता के बारे में बात करते हैं तो हम सिर्फ शब्दों को ध्यान से सुनने की बात नहीं करते हैं। इस विषय का विस्तार इससे कहीं अधिक है। इसलिए सुनने की क्षमता को हम तीन पहलुओं में विभाजित करके समझेंगे।

१. वही सुनें, जो कहा जा रहा है, मन की न सुनें

एक क्लास में एक विद्यार्थी ने अपने शिक्षक से सवाल पूछा, 'सर! जब मैं आपको सुनता हूँ तब बहुत बार मुझे ऐसा लगता है कि आप जो बता रहे हैं, वह मेरी

समझ में आ गया है। दूसरी बार उसी बात को सुनने पर पता चलता है कि मुख्य बात तो मैंने सुनी ही नहीं थी। हालाँकि सुनते समय लगा था मुझे सब कुछ समझ में आ गया लेकिन असल में मैंने वह बात समझी ही नहीं थी, ऐसा क्यों होता है?' इस सवाल को सुनते ही कई अन्य विद्यार्थियों ने भी अपने हाथ खड़े किए और कहा, 'हाँ सर! हमारे साथ भी ऐसा ही होता है।'

तब शिक्षक ने उन्हें समझाते हुए कहा, 'दरअसल जब हम सुन रहे होते हैं तब हम केवल सामनेवाले को ही नहीं बल्कि अपने आपको भी सुन रहे होते हैं। उदा. जब मैं क्लास में पढ़ा रहा होता हूँ तब आपके मन में अनेकों विचार चल रहे होते हैं। जैसे– 'यह तो मुझे समझ में नहीं आ रहा' या 'यह तो बड़ा आसान लग रहा है' या फिर 'घर पर क्या हो रहा होगा, क्लास कब खत्म होगी' इत्यादि।

शिक्षक ने उनसे कहा कि 'चलो, क्यों न सुनने पर आपकी एक छोटी सी टेस्ट ली जाए, इसमें आपको सिर्फ सुनना है और उसमें पूछे गए सवाल का जवाब देना है, क्या आप सभी तैयार हैं?' यह सुनते ही सभी संभलकर बैठ गए। क्लास में एकदम से शांति छा गई। सभी के हामी भरने पर शिक्षक ने बताना शुरू किया।

'एक शहर की एक कॉलोनी में दस, बारह, पंद्रह और अठारह मंज़िल की इमारतें हैं। उन इमारतों में कुछ अच्छे और कुछ बुरे लोग भी रहते हैं। उस सोसायटी में दो इमारतें एक–दूसरे के आमने–सामने हैं, एक इमारत दस मंज़िली और दूसरी बारह मंज़िली है। बारह मंज़िली इमारत में नकारात्मक लोग रहते हैं, जो चोर, लफंगे और शराबी हैं। दस मंज़िली इमारत में अच्छे काम करनेवाले, नेकदिल, सकारात्मक सोच रखनेवाले, दूसरों की मदद करनेवाले लोग रहते हैं।

एक दिन इन दोनों इमारतों में आग लग जाती है। लोग 'बचाओ–बचाओ' चिल्लाकर यहाँ–वहाँ भागने लगते हैं। हर जगह अफरा–तफरी मच जाती है। 'जल्दी किसी को आग बुझाने के लिए बुलाओ।' इस शोर में कोई चिल्लाते हुए कहता है।

अरे, दस मंज़िली इमारत में तीन सौ लोग अटके हैं, बारह मंज़िल की इमारत में पाँच सौ लोग हैं', ऐसा कहकर कोई एम्बुलेंस को फोन करता है और गाड़ी तुरंत आ जाती है।

'जल्दी-जल्दी आग बुझाओ', लोगों का शोर बढ़ने लगता है।

'पहले दस मंज़िली इमारत की आग बुझानी चाहिए।' किसी ने चिल्लाते हुए

कहा... तो किसी ने कहा, 'पहले बारह मंज़िलवाली इमारत की आग बुझाई जानी चाहिए।' वहाँ सभी लोग बहस करने लगते हैं कि कौन सी इमारत की आग पहले बुझाई जाए?

शिक्षक ने अपनी बात समाप्त करते हुए बच्चों से कहा, 'अब आपके लिए सवाल है कि कौन सी इमारत की आग पहले बुझानी ज़रूरी है?' किसी ने कहा 'पाँच सौ लोग बारहवीं मंज़िल की इमारत में हैं तो वहाँ की आग पहले बुझानी चाहिए क्योंकि वहाँ ज़्यादा लोग हैं। दसवीं मंज़िल की इमारत में तो सिर्फ तीन सौ ही लोग हैं।'

किसी ने कहा, 'दसवीं मंज़िल की इमारत में सभी अच्छे, सकारात्मक कार्य करनेवाले लोग हैं, इन्हें बचाना ज़्यादा आवश्यक है।'

'हाँ-हाँ' करते हुए किसी ने समर्थन दिया, 'पाँच सौ नकारात्मक लोग बचाने से तो ज़्यादा आवश्यक है कि अच्छे लोगों को बचाया जाए।' इस तरह सभी विद्यार्थी अपनी-अपनी राय देने लगे।

शिक्षक ने फिर से कहा, 'एम्बुलेंस को बुलाया गया है तो पहले कौन सी बिल्डिंग की आग बुझानी चाहिए?' फिर से किसी ने बताया, 'दस मंज़िली', किसी ने कहा, 'बारह मंज़िली।'

'देखो! एम्बुलेंस आग नहीं बुझाती।' शिक्षक ने अपने शब्दों पर ज़ोर देते हुए कहा, 'एम्बुलेंस को बुलाया गया, फायर ब्रिगेड को नहीं। एम्बुलेंस शब्द सुनने के बाद भी आपने बात नहीं समझी।' यह सुनते ही सभी अपनी मूर्खता पर हँस पड़े। 'वाकई हम तो अपने जवाब देने के विचारों में इतने उलझ गए थे कि एम्बुलेंस और फायर ब्रिगेड का अंतर ही भूल गए थे।'

इस कहानी में हमने देखा कि बताए गए शब्द को न सुनते हुए, मन ने वह बात सुनी जो वह सुनना चाहता था। इससे मन की एक महत्वपूर्ण आदत की हमें खबर मिलती है। कहानी सुनते-सुनते मन भी एक कथा अपने अंदर बना रहा था और कब उसने अंदर चलनेवाली कथा को ज़्यादा अधिकृत और विश्वसनीय समझते हुए, बाहर से बताई जानेवाली कहानी को नज़रअंदाज़ कर दिया, हमें पता भी नहीं चला।

हमें लगता है कि लोगों को सुनते वक्त हमारा मन शांत ही होता है। लेकिन मन कितने सूक्ष्म स्तर पर आपके सुनने में खलल डालता है, यह आपको पता नहीं होता। कई बार जब सामनेवाले की बात मन के तर्क में नहीं बैठती तब वह तुरंत उसे अस्वीकार

कर देता है। यहाँ वह रुकता नहीं है। मुख्य गलती तो वह आगे करता है। इस अस्वीकृति के साथ वह आपका ध्यान सुनने की प्रक्रिया से बाहर लाता है। इस ध्यान को वह कहीं और लगाता है या उस तर्क में न बैठी बात पर तुरंत विश्लेषण शुरू कर देता है। हालाँकि यह विश्लेषण वह बाद में भी कर सकता था। इस तरह खलल डालकर वह आपको आगे की बात एकाग्रता से सुनने ही नहीं देता। यह ऐसी ही बात है, जैसे आप किसी इंसान को अपने साथ लेकर बैठे हों और वह इंसान तय कर रहा है कि आपको क्या सुनना चाहिए और क्या नहीं।

यह मानसिक आदत हर किसी के अंदर कम-ज़्यादा मात्रा में काम करती है। आपके मन की चंचलता इसे और कठिन बना देती है। लेकिन जैसे-जैसे आप विचारों में सजगता और अनुशासन लाने का अभ्यास बढ़ाएँगे यह आदत टूटते जाएगी। सबसे पहले आपको 'मन' से होनेवाली दखल को पहचानना है और मन को सुनने की प्रक्रिया में चुप रहने का निर्देश देना होगा। यह आदत बहुत पुरानी है इसलिए मन बार-बार दखल देते रहेगा। आदतवश वह बिना माँगी राय देगा, वक्ता की बातों पर विश्लेषण शुरू करेगा। बोर होने लगा तो दूसरे विचारों में आपको लेकर जाना चाहेगा। लेकिन उस वक्त सजगता के साथ आपको उसकी दखल को पहचानना है। फिर उसकी बात को काटकर अपना ध्यान वापस वक्ता की तरफ लगाना है। आपका मन 'नमन' अवस्था में रहकर सिर्फ सुनने का कार्य करे, यह आपका उद्‌देश्य हो। यह ध्यान का प्रशिक्षण है। इसका अभ्यास करते रहें। कुछ समय बाद आप पाएँगे कि आपकी एकाग्रता बढ़ गई है और आपका ध्यान सुनने की क्रिया में बना रहता है।

२. समानुभूति के साथ सुनें (भावनाओं से जुड़कर सुनें)

कभी आपने महसूस किया होगा कि आप किसी से बात कर रहे हैं और वह इंसान आपकी बातें ध्यान देकर सुन ही नहीं रहा है। वह आपकी तरफ देख रहा है परंतु वह सुनने की क्रिया के प्रति बिलकुल समर्पित नहीं है। उसका ध्यान आस-पास की चीज़ों की तरफ भटक रहा है, वह मोबाइल के नोटिफिकेशन को तुरंत खोलकर चेक कर रहा है। आपकी बात सुनकर वह 'अच्छा' या 'हं' कह रहा है परंतु उसका पूरा ध्यान आपकी बातों पर नहीं है। उसकी बॉडी लैंग्वेज से आप यह बात पकड़ लेते हैं कि आपकी बात सुनने में उसे खास रुचि नहीं है। यह अनुभव आपके लिए कैसा होता है? आपको बिलकुल अच्छा नहीं लगता। उस क्षण अगर वह आपकी सभी बातें आपको दोहराकर बताए, फिर भी आप संतुष्ट नहीं होंगे क्योंकि आप चाहते थे, आपको पूर्णतः सुना जाए।

वह इंसान ऐसा क्यों नहीं कर पाया, इसका कारण आप समझ जाते हैं या तो वह आपकी बातों को महत्वपूर्ण नहीं समझता या आपको महत्वपूर्ण नहीं समझता। दोनों ही बातें आपको बुरा महसूस करवानेवाली हैं। इसलिए कम्युनिकेशन में जब 'सुनने' की बात कही जाती है, तब आपको सिर्फ शब्दों के बारे में नहीं कहा जाता। आपको उसके अनुभव तक पहुँचने का प्रयास करते हुए उसे सुनना है। इसे कहते हैं, समानुभूति के साथ सुनना।

समानुभूति रखने का प्रयास करना यानी बोलनेवाला जिस अनुभव या भावना से बात कर रहा है, उसे इतनी गहराई से सुनना कि कुछ हद तक आप उसकी भावनाएँ अनुभव से समझ पाएँ। अगर आप पूर्ण समर्पण और संवेदनशीलता के साथ सुनेंगे तो बोलनेवाला किस अनुभव से बात कर रहा है, यह महसूस कर पाएँगे। इसके लिए एक प्रचलित पंक्ति भी है, 'सामनेवाले के शूज में जाकर सुनना'।

जब सामनेवाले इंसान को सुनते वक्त आप अपने मन को शांत रख पाते हैं और पूरा ध्यान उसकी बातों पर लगाते हैं तब आप उसकी भावनाएँ अनुभव से समझते हुए उसे सुनते हैं। कई बार मात्र इस तरह सुनना ही कम्युनिकेशन की कई समस्याएँ सुलझा देता है।

मनोचिकित्सक एम. स्कॉट पेक अपनी पुस्तक में लिखते हैं, जब वे उनके पेशंट्स को काउन्सलिंग के लिए बुलाते थे तो शुरुआत के कुछ सेशन्स में वे सिर्फ पेशंट की समस्या समझने के लिए उसे सुनते थे। उन्होंने उस वक्त इलाज शुरू भी नहीं किया होता था। लेकिन इन सेशन्स के बाद ही लगभग २५ प्रतिशत पेशंट्स में उन्हें सुधार दिखाई देता था, यह एक आश्चर्य है। वे आगे लिखते हैं कि सिर्फ पूर्ण एकाग्रता से किसी को सुनना भी उस इंसान के लिए मानसिक उपचार का कार्य कर सकता है।

इस बात से हम समझ सकते हैं कि जब रिश्तों की बात आती है तब सुनने की क्षमता का महत्त्व कितना बढ़ जाता है। कई बार परिवारों में सदस्यों की एक ही शिकायत नज़र आती है कि 'सामनेवाला इंसान मेरी बात समझ ही नहीं रहा है' या 'मुझे सुन ही नहीं रहा है।' बेटा, पिताजी के बारे में यही कहता है, पति-पत्नी एक-दूसरे के बारे में यही कहते हैं।

जब आपको पता होता है कि सामनेवाले का दृष्टिकोण आपसे अलग है तब उसका दृष्टिकोण सुनने में हम खास रुचि नहीं रखते। सामनेवाला क्या कहना चाहता है, यह हम ऊपरी तौर पर सुनते हैं और तुरंत अपनी बात कहना शुरू करते हैं। क्योंकि हमारे

लिए प्राथमिकता होती है कि हमारा दृष्टिकोण सही सिद्ध हो या हमारी इच्छा पूर्ण हो। कई बार हम सिर्फ इंतज़ार करते हैं कि सामनेवाला कब एक क्षण के लिए रुके और मैं अपनी बात कह दूँ। इस प्रयास में दूसरे सदस्य को उसे पूरा सुना गया है, इस बात की संतुष्टि भी नहीं मिलती। उसकी बात पूरी सुने बगैर ही अस्वीकार की जा रही है, यह देखकर वह उपेक्षित और महत्वहीन महसूस करता है। रिश्तों के खराब होने की शुरुआत यहीं से होती है।

कार्यक्षेत्र में लीडर्स के लिए यह गुण अति आवश्यक है। टीम मेंबर्स के साथ आपका कम्युनिकेशन हमेशा बेहतरीन रहे, इसके लिए किसी के अलग दृष्टिकोण को सुनना महत्वपूर्ण होता है। जब टीम मेंबर्स को यह पता होता है कि उन्हें पूरी तरह से सुना गया है तो यह बात उन्हें पूर्णता का अनुभव देती है। वे महत्वपूर्ण महसूस करते हैं और उत्साह के साथ कार्य कर पाते हैं। साथ ही उनका दृष्टिकोण सुन लेने के बाद वे आपका अलग दृष्टिकोण सुनने के लिए भी खुला हुआ महसूस करते हैं।

अकसर इस क्रिया को सफल बनाने के लिए आपका ईमानदारी से सुनना ही पर्याप्त होता है। लेकिन जब आप सामनेवाले को सुन रहे हैं और उसे यह महसूस भी कराना चाहते हैं तो आप कुछ कदम उठा सकते हैं।

१. सामनेवाले की बातों से आपको क्या समझ में आया, इसका सार उसे बताकर पक्का करें। इससे आप उसे कितनी एकाग्रता से सुन रहे थे, इस बात का सामनेवाले को सबूत मिलता है।

२. दूसरे तरीके में आप सामनेवाले से सवाल पूछकर उसे यह एहसास दिला सकते हैं कि आपका पूरा ध्यान उसकी बातों पर ही है। लेकिन ऐसे सवाल सामनेवाले की बात काटकर नहीं, उसकी बात समाप्त होने के बाद पूछें।

३. सही समय पर सिर हिलाकर या आँखों से आँखों का संपर्क बनाए रखकर, आपका ध्यान पूरी तरह उस पर ही है, यह दर्शा सकते हैं।

४. कई बार एकाग्रता से सुनने के बाद भी, अचानक पूछे गए सवाल का जवाब देने के लिए हम तैयार नहीं होते। ऐसे में आप कपटमुक्त बता सकते हैं कि आप उसकी बातों में खो गए थे इसलिए आपके पास अभी शब्द नहीं हैं या आपको सोचने के लिए कुछ क्षण चाहिए।

समानुभूति से सुनने का यह हुनर भी आपको निरंतर अभ्यास से ही प्राप्त होगा। यह

एकाग्रता का अभ्यास है। जब आप किसी विषय का महत्त्व समझते हैं और सजगता के साथ प्रयास करना शुरू करते हैं तो वह गुण आपमें सहजता से आने लगता है। इस तरह अभ्यास के साथ अपनी सुनने की क्षमता बढ़ाते रहें।

३. कम्युनिकेशन में सामनेवाले की सुनने की क्षमता कैसे बढ़ाएँ

सुनने की उच्च क्षमता, प्रशिक्षित मन की निशानी है। लेकिन विश्व में सभी लोग यह क्षमता नहीं रखते। ऐसे न सुन पानेवाले लोगों के साथ अगर आपको कम्युनिकेशन करना है, उन्हें अपनी बात सुनानी है तो यह कार्य कई बार कठिन सिद्ध हो सकता है।

इंसान का मन बहुत चंचल है। वह उस जगह बिलकुल टिकना नहीं चाहता, जहाँ उसे बोर होता है और वहाँ तुरंत अटक जाता है, जो चीज़ उसे किसी तरह छू ले। लोगों की उत्सुकता, इच्छाएँ, महत्वाकांक्षाएँ, उनका अहंकार ऐसी किसी भी चीज़ को आपने छू लिया तो आप उनका ध्यान पकड़कर रख सकते हैं।

अगर आप सुननेवाले का ध्यान अपनी ओर बनाए रख पाने में सक्षम नहीं हैं तो कई बार उनका ध्यान आपकी बातों से भटक जाएगा। लोगों का ध्यान पकड़कर रखने का कौशल आपके पास होना कम्युनिकेशन के लिए महत्वपूर्ण है। तो आइए, ऐसा करने के कुछ तरीके समझते हैं।

इसका पहला तरीका है- आप उत्साह से बात करें। अगर आप निरीक्षण करेंगे कि स्कूल या कॉलेज में विद्यार्थियों को सबसे अधिक नींद किस शिक्षक की क्लास में आती है तो जानेंगे कि वे शिक्षक जो उत्साहहीन होकर पढ़ाते हैं। फिर भले ही वे शिक्षक बहुत होशियार हों लेकिन अगर उनके पढ़ाने में उत्साह नहीं है तो विद्यार्थियों का ध्यान क्लास में टिक नहीं पाता। किसी भी कम्युनिकेशन में अगर आप चाहते हैं कि सामनेवाला इंसान अपनी रुचि बनाए रखे तो एक तरीका है, आप उत्साह से बात करें। लेकिन अचानक उत्साह आप लाएँगे कहाँ से? इसके लिए 'अभिनय की तकनीक' का इस्तेमाल करें। यह तकनीक कहती है, जब आप किसी भावना का अभिनय करते हैं तो कुछ ही समय में आप वह भावना वास्तव में अपने अंदर महसूस करने लगते हैं। अगर आप उत्साह का अभिनय करेंगे तो कुछ ही समय में उत्साहित महसूस करने लगेंगे।

दूसरे तरीके में आपको अपनी आवाज़ धीमी रखकर बात की शुरुआत करनी

चाहिए। कई बार ऐसा होता है, सभी लोग ऊँची आवाज़ में बात कर रहे होते हैं या पूरे माहौल में शोर होता है या लोगों का ध्यान बिखरा हुआ होता है। ऐसे समय में अगर आप भी अपनी आवाज़ बढ़ाकर बात करते हैं तो लोगों का पूरा ध्यान आपकी ओर नहीं आ सकता। ऐसे समय में इस तकनीक का इस्तेमाल किया जा सकता है। लोगों का थोड़ा ध्यान अपनी ओर आकर्षित करें और शुरुआत में अपनी आवाज़ धीमी रखकर बात करें। इससे लोग यह सोचेंगे कि आप कुछ कह रहे हैं, जो उन्हें सुनाई नहीं दे रहा है। आपको सुनने का प्रयास करते वक्त वे एकाग्र होंगे और शांत होकर आपकी बातों की तरफ ध्यान केंद्रित करेंगे।

इस तरह अलग-अलग प्रयोग और अभ्यास के साथ कुशलता प्राप्त करके आप इस तकनीक से सुननेवाले का ध्यान अपनी ओर ला सकते हैं।

तीसरे तरीके में बात करते वक्त आप ऐसी पंक्तियाँ इस्तेमाल करें, जो सुननेवाले की उत्सुकता बढ़ाती हैं और संभाषण में सही तरीके से बैठती भी हैं। इनके इस्तेमाल के बाद जब आप देखेंगे कि अब सामनेवाले का ध्यान आपने अपनी ओर लाया है तब विषय की शुरुआत करें। जैसे –

'मुझे आपसे एक महत्वपूर्ण बात कहनी है।'

'एक बहुत ही मज़ेदार बात आपसे शेअर करनी है।'

'ये बात आपको थोड़ी अजीब लग सकती है।'

'ये बात मैं आपको पहले भी बता सकता था।'

'कृपया इसे ध्यान से सुनें।'

चौथा तरीका कहता है– सामनेवाले से विचार-विमर्श करें। उससे बीच में सवाल पूछें, उसकी राय लें। जब आप ऐसा करते हैं तो आप सुननेवाले से किसी प्रतिसाद की अपेक्षा कर सकते हैं, इस संभावना को देखते हुए वह अपने आप सतर्क रहता है और उसका ध्यान आपकी बातों पर बना रहता है।

इन तकनीकों का इस्तेमाल करके आप कम्युनिकेशन में सामनेवाले का ध्यान अपनी ओर बनाए रख सकते हैं।

3
सही शब्दों का इस्तेमाल कैसे करें

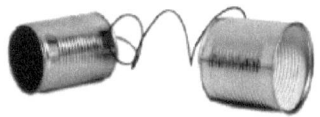

कम्युनिकेशन की कला सीखने की इस यात्रा में जब आप लोगों को ध्यान से सुनना शुरू करेंगे तो आप उन्हें तीन श्रेणियों में विभाजित कर सकते हैं।

▶ पहली श्रेणी में वे लोग आते हैं, जो कम्युनिकेशन में ज़्यादा सकारात्मक, प्रेरणात्मक शब्दों का चुनाव करते हैं।

▶ दूसरी श्रेणी में ज़्यादातर वे लोग आते हैं, जो अपने माहौल और मूड के अनुसार कुछ सकारात्मक, कुछ नकारात्मक, ठंडे, फीके सभी तरह के शब्द इस्तेमाल करते हैं।

▶ तीसरी श्रेणी में वे लोग आते हैं, जिनके कम्युनिकेशन में ज़्यादातर नकारात्मक शब्द आते हैं इसलिए उनमें नकारात्मक भाव दिखाई देते हैं।

अब इन लोगों के शब्दों का असर हम पर कैसे होता है,

इसे हम कुछ उदाहरणों से समझते हैं। एक तीसरी श्रेणी का दुकानदार है जो सदा मंदी की बातें करता है, जैसे 'समय खराब चल रहा है... एक तो मंदी है, ऊपर से सब चोर लोग हैं... सरकार तो लूटने के लिए ही बैठी है...।' ऐसे इंसान के साथ आप कैसा महसूस करेंगे? क्या अगली बार आप उससे मिलने के लिए उत्साहित रहेंगे?

ऐसे लोगों के साथ रहकर आप भी निराश हो जाते हैं।

फिर दूसरे श्रेणी के इंसान के साथ आप अच्छे से बात कर रहे हैं, वह भी सब सकारात्मक बातें आपको बता रहा है मगर अचानक उसे किसी का फोन आता है। वह फोन पर ही गालियाँ देना शुरू करता है। फोन बंद करने के बाद भी वह आपके सामने लोगों को भला-बुरा कहते हुए कुछ गालियाँ देने लगता है। मूड खराब हो जाने की वजह से उसके शब्द बहुत तीखे और कड़वे हो जाते हैं। ऐसे इंसान के साथ आप कैसा महसूस करेंगे? क्या उस इंसान के साथ समय बिताना आप पसंद करेंगे?

नहीं, क्योंकि आपको पता नहीं होता कि ऐसे लोग कब अच्छी बात करेंगे और कब भड़क जाएँगे। आप हमेशा असमंजस में रहते हैं कि इनका मूड जाने कब कैसा हो।

ऐसे बहुत कम लोग होते हैं जो पहली श्रेणी में आते हैं, जो सजगता के साथ अपनी वाणी को प्रशिक्षण देते हुए सकारात्मक शब्दों को बोलना सीखते हैं। उनसे बात करके आपको अच्छा महसूस होता है।

देखा जाए तो लोग कौन से शब्दों का चुनाव करते हैं, यह अकसर उनके माहौल पर निर्भर होता है। जैसे जो लोग सुशिक्षित होते हैं वे अकसर शिष्टाचार भरे शब्दों का प्रयोग करते हैं, जो अपने आस-पास केवल गाली-गलौज भरे शब्द सुनते हैं वे भी वैसे ही बोलने लगते हैं। हालाँकि वे जानबूझकर नहीं करते मगर वे जिस माहौल में बड़े हुए हैं, उनके शब्दों का चुनाव भी वैसा ही होता है। परंतु सफल कम्युनिकेटर बनने के लिए आपको सजगतापूर्वक एक नई आदत अपनानी होगी। आपको न सिर्फ नकारात्मक शब्दों को छाँटकर अपने शब्दकोश से निकाल देना होगा बल्कि नकारात्मक बातों को न्यूट्रल या सकारात्मक तरीके से प्रस्तुत करने के लिए नया शब्दकोश भी बनाना होगा।

नकारात्मक शब्दों का असर कैसे होता है, इसे हम एक उदाहरण से समझते हैं। आप थोड़े उदास होकर बैठे हैं और कोई आकर आपसे कहता है, 'क्या हुआ? *दुःखी*

लग रहे हो।' या 'क्या बात है, आज ज़रा *डिप्रेस* लग रहे हो।' या 'ऐसी *रोनी सूरत* क्यों बनाई है?' अब, इन शब्दों का आप पर क्या असर होगा? लोगों ने तो सिर्फ आपसे हालचाल पूछने के लिए ऐसे सवाल पूछ लिए। परंतु उनकी वाणी प्रशिक्षित नहीं थी इसलिए आपकी उदासी की भावना इन शब्दों से बढ़ गई। हालाँकि बहुत थोड़ी मात्रा में बढ़ी पर असर तो हुआ। थोड़ी सी उदासी को अगर किसी ने 'डिप्रेशन' का नाम दे दिया तो आप और बुरा महसूस करते हैं।

अब एक दूसरा इंसान आता है, आपसे वही सवाल अलग शब्दों में पूछता है, '*आज ज़्यादा खुश* नहीं लग रहे हो, क्या बात है?' अब, इन शब्दों का असर आप पर कैसा होगा? उसका इशारा आप समझ जाएँगे परंतु वे शब्द आपकी नकारात्मक भावना को बढ़ावा नहीं देंगे। बल्कि आपको यह याद दिला सकते हैं कि आप हमेशा खुश रहते हैं मगर आज नहीं हैं।

एक और उदाहरण से इसे गहराई से समझने का प्रयास करते हैं। कोई इंसान हॉस्पिटल में है और बीमारी की वजह से काफी दुबला-पतला हो गया है। एक रिश्तेदार आकर कहता है, 'ओह! *बीमारी* की वजह से तुम *बहुत कमज़ोर* हो गए हो। जब तुम्हें डिस्चार्ज मिलेगा तब अच्छे से खाना-पीना ताकि शरीर की *कमज़ोरी* दूर हो जाए।' कोई और रिश्तेदार आकर वही बात इस तरह कहता है, 'अब डिस्चार्ज मिलने पर घर जाकर अच्छे से खाओ-पिओ और पहले से भी *ज़्यादा तंदुरुस्त* हो जाओ।' दोनों रिश्तेदारों के शब्दों का चयन आप देख रहे हैं। जिसका उस संवेदनशील अवस्था में पेशंट की भावनाओं पर होनेवाला सूक्ष्म असर भी आप महसूस कर सकते हैं।

कुछ लोग ज़्यादा नकारात्मक शब्द तो इस्तेमाल नहीं करते लेकिन उन्हें ठंडे, फीके और उत्साहहीन शब्द इस्तेमाल करने की आदत होती है। इन शब्दों से न वे स्वयं उत्साहित महसूस करते हैं, न ही सामनेवाले को वैसा महसूस कराते हैं। उन्हें अगर आप पूछेंगे, 'कैसे हो?' तो वे कहेंगे, 'ठीक ही है।' उन्हें आप कोई प्रेरणादायी मैसेज वॉट्सअप पर भेजेंगे तो वे उत्साहित होकर यह नहीं लिखेंगे कि 'अरे हाँ! मैंने भी कल ही सुना है इस बारे में।' वे ठंडा प्रतिसाद देंगे, 'मालूम है... पता है... सुना है... पढ़ा है।' इन लोगों से प्रशंसाभरे शब्द निकलते ही नहीं हैं। इन लोगों से वार्तालाप करने के बाद आप उनसे एक अनकहा संदेश लेकर निकलते हैं, 'जीवन बोरडम है और ज़्यादा उत्साहित होने की कोई ज़रूरत नहीं है।' आप कोई उत्साहवर्धक बात इनके साथ करेंगे तो उनका ठंडा प्रतिसाद देखकर आपको भी अपना उत्साह कम करना पड़ता है।

उपरोक्त सारी बातों को पढ़कर आप सकारात्मक शब्दों के महत्त्व को समझ रहे हैं। अत: अब आपको इस बात पर आत्मविश्लेषण करना है कि रोज़मर्रा की कम्युनिकेशन में आप किस तरह के शब्दों का ज़्यादा इस्तेमाल करते हैं? अगर आपको अपनी वाणी मीठी, सकारात्मक और साफ होने पर विश्वास है तो किसी विशेष अवसर पर या कोई महत्वपूर्ण कम्युनिकेशन करते वक्त आपको इस बात की फिक्र करने की ज़रूरत नहीं होगी कि 'कहीं मैं कुछ गलत न बोल दूँ।' आप आत्मविश्वास और सहजता के साथ अपनी बात कह पाएँगे।

सकारात्मक और प्रेरणादायी शब्दों का इस्तेमाल करने की आदत जैसे-जैसे आपमें बढ़ते जाएगी, आपको कम्युनिकेशन में चमत्कारिक परिणाम देखने मिलेंगे। इसे एक प्रचलित उदाहरण से समझते हैं।

एक अंधा इंसान सड़क पर भीख माँगा करता था। उसने एक साइन बोर्ड बनाकर वहाँ रखवा दिया था, जिस पर लिखा था- 'मैं अंधा हूँ, कृपया मेरी मदद करो।' लोग उसके पास से गुज़रते लेकिन कोई भी उसे पैसे नहीं देता था। एक दिन एक लड़की वह साइन बोर्ड पढ़ती है और उसे पलटकर उस पर कोई और संदेश लिखकर चली जाती है। उसके बाद कई लोग उस भिखारी के पास से गुज़रते हुए उसे कुछ पैसे देकर जाते हैं। भिखारी को भी आश्चर्य होता है कि अचानक लोग उसे पैसे क्यों देने लगे!

ऐसा इसलिए हुआ क्योंकि उस लड़की ने उस साइन बोर्ड पर लिखे शब्द बदल दिए थे। उसने लिखा, 'आज का दिन कितना सुंदर है, मैं नहीं देख सकता, परंतु आप देख सकते हो।'

बेशक दोनों ही बोर्ड ने लोगों को बताया कि इंसान अंधा है। लेकिन पहले बोर्ड ने अप्रत्यक्ष रूप से बताया, 'विश्व में दुःख है, गरीबी है।' लोग अकसर दुःख, दर्द का एहसास दिलानेवाली चीज़ों को अनदेखा करके, उनसे दूर भागना चाहते हैं। लेकिन दूसरे बोर्ड ने अप्रत्यक्ष रूप से उन्हें बताया कि 'विश्व सुंदर है और आप भाग्यशाली हैं।'

आपने देखा कि कैसे मात्र शब्दों को बदलने से लोगों के व्यवहार में परिवर्तन आ गया, यही है सही शब्दों का जादू।

याद रखें, जब आप सकारात्मक शब्दों का इस्तेमाल करते हैं तो आपकी भावनाएँ भी प्रभावित होती हैं।

इसे हम एक छोटे से प्रयोग से समझने का प्रयास करते हैं। निम्नलिखित जो पंक्ति आपको अधिक भाती है, उसे शब्दों में बोलकर दोहराएँ। लेकिन यह पंक्ति दोहराते वक्त आपको गुस्सा या द्वेष का भाव लाने का प्रयास करना है।

'हे परमेश्वर! सभी का मंगल करना।'

'हे परमेश्वर, ... (आपका परिवार/प्रिय व्यक्ति) का मंगल करना।'

देखा आपने, ऐसे शब्दों के साथ नकारात्मक भाव लाना सहज नहीं है। अब यही प्रयोग आपने किसी नकारात्मक शब्द के साथ करके देखा तो वह शब्द कहते ही आप उस नकारात्मक तरंग को महसूस कर पाएँगे। इसके लिए आपको विशेष प्रयास भी नहीं करना पड़ेगा।

इसका अर्थ है कि शब्दों के साथ हमारे अंतर्मन में कुछ भाव जुड़े होते हैं। जितने सकारात्मक और प्रेरणादायी शब्द आप इस्तेमाल करेंगे, वैसे भाव आपमें सहज ही उत्पन्न होंगे। अगर आपसे कहा जाए कि 'आप पहले सकारात्मक भाव लाओ, अपने अंदर उत्साह जगाओ' तो यह कठिन लग सकता है। लेकिन शब्दों के साथ यह सहज हो जाता है। यह महत्वपूर्ण इसलिए है क्योंकि कम्युनिकेशन में सामनेवाला अकसर आपके भाव पकड़ लेता है। इसलिए बेहतरीन कम्युनिकेटर बनने के लिए सही शब्दों का भंडार साथ में रखना आपके लिए बहुत महत्वपूर्ण सिद्ध होगा।

अगर सही शब्दों का महत्त्व इतना ज़्यादा है तो हमारे लिए कार्य योजना क्या होनी चाहिए? पहले कदम में हमें वे शब्द हमारे शब्दकोश से हमेशा के लिए निकाल देने चाहिए, जिनकी हम ज़िम्मेदारी तक नहीं ले सकते। जैसे गाली या चुगली जैसे शब्द। आपसे इस्तेमाल होनेवाले इन नकारात्मक शब्दों को लेकर स्वयं से सवाल पूछें कि क्या इस शब्द को एक कागज़ पर लिखकर मैं नीचे अपने हस्ताक्षर कर सकता हूँ? क्योंकि आपके हस्ताक्षर के बाद इस कागज़ की फोटो फ्रेम बनाई जाएगी। फिर यह कागज़ हर उस इंसान को दिखाया जाएगा, जिनके प्रति आपके मन में आदर भाव है। यह कागज़ आपके माता-पिता, रिश्तेदार, बच्चे, पोते सभी को दिखाया जाएगा। क्या आप चाहते हैं कि आपको इस शब्द के साथ याद किया जाए? अगर नहीं तो आज ही उन शब्दों को सदा के लिए अपने शब्दकोश से निकालने का संकल्प लें।

दूसरे कदम में हमें लगातार कुछ दिनों तक दिनभर हमारे कम्युनिकेशन में आनेवाले

ठंडे, फिके या नकारात्मक शब्दों को ध्यान से पकड़ना है। दिन के अंत में इन शब्दों की जगह पर कोई प्रेरणादायी, उत्साहवर्धक या सकारात्मक शब्द का इस्तेमाल कैसे हो सकता है, इस पर मनन करना है। ऐसा शब्द मिल जाए तो अगले दिन उसे सजगता के साथ अपने नकारात्मक, उत्साहहीन शब्दों को सकारात्मक, प्रेरणादायी शब्दों से बदलना होगा। आपके सकारात्मक और प्रेरणादायी शब्दों का चुनाव आपके कम्युनिकेशन को निखार देगा। लोगों को आपसे वार्तालाप करना अच्छा लगेगा। शुरुआत हम उन शब्दों से करेंगे, जिनसे हम बचपन से परिचित हैं परंतु उनका इस्तेमाल बहुत कम करते हैं। कुछ लोग तो बिलकुल ही नहीं करते और कुछ लोग अति कठिन परिस्थिति में ही करते हैं, वह भी झिझक के साथ। वे शब्द हैं, 'कृपया/प्लीज', 'थैंक्यू/धन्यवाद', 'सॉरी/क्षमा करें'। ये तीन शब्द शिष्टाचार, विनम्रता, आत्मसंयम, बुद्धिमानी, सादगी, निष्ठा, लिहाज़, सम्मानभाव, आस्था प्रकट करते हैं। इनका एक सफल कम्युनिकेटर के दैनंदिन शब्दकोश में होना अति महत्वपूर्ण है। सही घटना में इनका इस्तेमाल न होना आपके कम्युनिकेशन की बड़ी खामी सिद्ध हो सकती है।

इसके साथ अपने शब्दकोश में कुछ नई पंक्तियाँ और नए शब्द भी डालें। अच्छी पुस्तकें और डिक्शनरी से आपको सकारात्मक और प्रेरणादायी शब्दों और पंक्तियों का भंडार मिल जाएगा। जैसे- 'आपसे मिलकर मुझे अच्छा लगा... आपको देखकर मुझे प्रेरणा मिलती है... आपके साथ काम करके मुझे अच्छा लगता है... आपका यह गुण मुझे बहुत अच्छा लगता है... मुझे आप पर नाज़ है... आपकी मेहनत रंग लाई, आपको बधाई... मेरी किसी बात से आपको बुरा लगा हो तो कृपया मुझे माफ करना... मुझे क्षमा करें, मैं इसे ठीक करने की पूरी ज़िम्मेदारी लेता हूँ... आपके फीडबैक के लिए धन्यवाद, मैं इस पर ज़रूर काम करूँगा... आप मुझे पसंद हैं' इत्यादि। यह इसलिए भी करना चाहिए ताकि ज़ुबान को सकारात्मक और मीठे बोल बोलने की आदत पड़े। आप जितना अभ्यास करेंगे, उतने मीठे शब्द अपने आप आपके अंदर से निकलने लगेंगे और आपका कम्युनिकेशन बेहतर होता जाएगा।

इस तरह शब्दों के प्रशिक्षण के साथ शुरुआत करते हुए हम कम्युनिकेशन के अगले पड़ाव की तरफ बढ़ते हैं, जहाँ हम कम्युनिकेशन में आनेवाली समस्याएँ और उनके समाधान समझेंगे।

4
वाणी में मधुरता कैसे और क्यों रखें

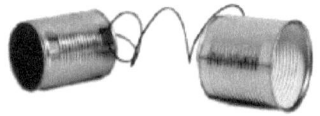

मधुर वाणी, सकारात्मक भाषा का महत्त्व, न केवल आज बल्कि युगों से बताया जा रहा है। आपकी सकारात्मक भाषा से न सिर्फ आपका कम्युनिकेशन बेहतर होता है, न सिर्फ लोग आपसे बात करना पसंद करते हैं बल्कि इससे कई समस्याओं से भी बचा जा सकता है। जिस समाज में लोगों को सकारात्मक भाषा का इस्तेमाल करने की आदत है, उस समाज में आनंद, ताल-मेल और शांतिभरा जीवन लोग सहजता से जी पाते हैं। आइए अपनी भाषा को सकारात्मक और मीठा कैसे बनाएँ, इसका तरीका जानें।

साँस-कृत भाषा का जादू (गुड सर्विस लैंग्वेज)

संस्कृत भाषा के बारे में तो हम सभी जानते हैं पर यहाँ हम कम्युनिकेशन की एक नई भाषा जानने जा रहे हैं, जो है साँस-कृत भाषा। इस भाषा को समझने के लिए कबीरजी का दोहा आपकी मदद कर सकता है।

ऐसी वाणी बोलिए, मन का आपा खोय।
औरन को शीतल करे, आपहु शीतल होय।।

साँस-कृत भाषा का अर्थ भी इसी से जुड़ा है। यह ऐसी भाषा है जिसमें प्रेम, आदर, विश्वास तथा सेवा भाव होता है। जिसे सुनकर हर किसी का मन प्रसन्न हो जाता है। इस भाषा को सुनकर सामनेवाला राहत की साँस लेता है, इसलिए इसे 'साँस-कृत' भाषा कहा गया है। आइए, इसे एक उदाहरण से समझते हैं।

मान लीजिए, आपने किसी दुकान से एक महँगी वस्तु खरीदी। लेकिन फिलहाल उसका उपयोग नहीं था इसलिए आपने उसके बॉक्स की पैकिंग खोले बगैर उसे सँभालकर रख दिया। एक महीने बाद जब आपने उस बॉक्स को खोला तो देखा कि वह वस्तु टूटी हुई निकली। आपको यह देखकर बहुत बुरा लगा। आपने सोचा, 'इतनी महँगी वस्तु है तो दुकानदार को वापस करनी चाहिए।' लेकिन आपके मन में संदेह भी उठता है कि इतने दिनों बाद वह दुकानदार इसे वापस लेगा भी या नहीं? या वह माने ही नहीं कि यह उसके दुकान से खरीदी गई है? इसलिए आप उसकी रसीद ढूँढ़ने लग जाते हैं। रसीद न मिलने पर आप परेशान हो जाते हैं। यह देखकर घर के सभी लोग आपको तरह-तरह के सुझाव देते हैं। ऐसी हालत में तनाव के मारे आपकी साँस धीमी हो जाती है।

अंततः आप टूटी हुई वस्तु लेकर जैसे-तैसे दुकान के काउंटर पर पहुँच जाते हैं। आपकी साँस छोटी और उथली-उथली चल रही है। हिम्मत करके आप दुकानदार से कहते हैं, 'इसे हमने महीनेभर पहले आपकी दुकान से खरीदा था। मगर आज ही पैकेट खोला तो देखा कि यह वस्तु टूटी हुई निकली।' काउंटर पर बैठा इंसान कहता है, *'हमें खेद है, आपको बेवजह कष्ट हुआ। हम दो दिन में आपको इसका रिप्लेसमेंट दे देंगे।'*

यह सुनकर आप थोड़े से सहज हो जाते हैं, फिर भी आपकी साँस स्थिर नहीं हो पाती है। अतः आप दुकानदार से कहते हैं, 'लेकिन इसकी रसीद कहीं खो गई है।' जिस पर दुकानदार कहता है, *'कोई बात नहीं, हमें आप पर पूरा यकीन है, रसीद की कोई ज़रूरत नहीं है।'*

ये संवाद सुनते ही आप राहत की एक गहरी साँस लेते हैं। दुकानदार की इस प्रेम और विश्वासभरी कम्युनिकेशन से मानो आपकी साँस में साँस आ जाती है। इसके लिए आप कृतज्ञ महसूस करते हैं। इस तरह वहाँ एक प्रेम और विश्वास का रिश्ता बन जाता है।

इसी तरह आप भी जब किसी पर प्रेम और विश्वास दिखाते हुए वार्तालाप करते हैं तो सामनेवाला भी चैन की साँस लेता है। इसके विपरीत जब आप कड़वी बात करते हैं तो सामनेवाले की धड़कन बढ़ जाती है, उसकी साँस रुक जाती है। अत: आपको ऐसी भाषा का प्रयोग करना है, जिसे सुनकर लोगों की साँस स्थिर और शांत हो जाए।

आइए, कुछ और उदाहरणों द्वारा इसे गहराई से समझते हैं।

- मानो, किसी कारणवश बेटे ने पिताजी का विश्वास तोड़ दिया और पिताजी को पता है कि वह अपनी गलती पर शर्मिंदा है। बेटे के चेहरे पर घबराहट और बेचैनी के भाव साफ दिखाई दे रहे हैं। ऐसे में यदि पिताजी डाँटने के बजाय साँस-कृत भाषा का उपयोग करें तो वे बेटे के कंधे पर हाथ रखकर कह सकते हैं कि 'कोई बात नहीं। मैं जानता हूँ कि तुमसे गलती हुई है परंतु मुझे पता है कि आज के बाद तुम मेरा विश्वास कभी नहीं तोड़ोगे।' इन शब्दों से बेटा चैन की साँस ले पाएगा। पिताजी के ये शब्द बेटे को नई राह की तरफ मुड़ने के लिए प्रोत्साहित करेंगे।

- एक कर्मचारी से कार्य में गलती हो जाती है। जब यह गलती उसके बॉस के सामने आती है तो वह कर्मचारी को अपने केबिन में बुलाता है। बॉस जानता है कि यह कर्मचारी सदा ईमानदारी से अपना कार्य करता है। अब वह कर्मचारी बॉस के सामने खड़ा है। कुछ कड़वे, तीखे शब्द सुनने को मिलेंगे, इसका डर उसके अंदर है। उसने अपनी साँस रोककर रखी है। इस घटना में बॉस उस कर्मचारी को डाँट सकता है या फिर वह साँस-कृत भाषा का इस्तेमाल करते हुए कह सकता है, 'हमें पता है, आप अपना कार्य बहुत ईमानदारी से करते हैं और कभी लापरवाही नहीं बरतते। इसलिए हम उम्मीद करते हैं कि आप अगली बार और सजगता से कार्य करेंगे और ऐसा कोई नुकसान नहीं होने देंगे।'

अब इन शब्दों का उस कर्मचारी पर क्या असर होगा? वह एक राहत की साँस लेकर बाहर आएगा और निश्चय करेगा कि वापस कभी ऐसी गलती न हो। गलती होने के बावजूद उस पर विश्वास दिखाया गया, यह बात उसके अंदर अपने उच्च अधिकारियों के प्रति और कंपनी के प्रति निष्ठा बढ़ाएगी, उसे प्रेरणा देगी और बढ़े हुए मनोबल से वह बेहतर कार्य कर पाएगा।

ऊपर दिए गए उदाहरणों में साँस-कृत भाषा की महत्वपूर्ण पंक्ति है, '**हमें आप पर विश्वास/यकीन है।**' ऐसे कई मौके आप जीवन में देख सकते हैं, जब आपके पास अविश्वास दिखाने का कारण होगा परंतु ज़रूरत नहीं होगी। अविश्वास की जगह

पर विश्वास दिखाकर आपका ज़्यादा नुकसान नहीं होगा लेकिन भरपूर फायदा हो सकता है। इससे सामनेवाले इंसान को प्रेरणा मिल सकती है, उसका मनोबल बढ़ सकता है, पारिवारिक रिश्तों में प्रेम और विश्वास बढ़ सकता है। व्यावसायिक रिश्तों में विश्वसनीयता और निष्ठा तैयार हो सकती है।

'हमें आप पर विश्वास/यकीन है।' (I trust you) यह पंक्ति सुनते ही इंसान राहत की साँस लेता है। इसलिए यह पंक्ति साँस-कृत भाषा का महत्वपूर्ण हिस्सा है। ऐसी कुछ निम्नलिखित पंक्तियाँ हैं, जिन्हें साँस-कृत भाषा में इस्तेमाल किया जा सकता है।

१. **मैं समझती/समझता हूँ (I totally understand)**

ज़्यादातर लोग यह इच्छा रखते हैं कि दूसरे लोग उन्हें समझें, उनकी भावनाओं को समझें। इसलिए उनकी बातों को ध्यानपूर्वक सुनते हुए समझने का प्रयास करें और उन्हें बताएँ, 'मैं आपकी बात समझता हूँ' यह छोटा सा वाक्य सुनकर लोग राहत महसूस करते हैं।

- मैं समझ रहा हूँ, आप क्या कहना चाहते हैं।
- मैं समझ रहा हूँ, आपकी अवस्था क्या है।

२. **आप सही हैं (You are right)**

यह एक जादुई वाक्य है, जो हर एक सुनना चाहता है क्योंकि हर इंसान अपनी नज़र में हमेशा सही होता है। जब आप भी उसे सही कहते हैं तो उसका विश्वास आपके प्रति बढ़ जाता है और वह स्वीकृति की भावना महसूस करता है।।

- आप अपनी जगह पर सही हैं मगर हमें नियमों के अनुसार ही चलना होगा।
- आप सही कह रहे हैं मगर यही बात क्रोध के बजाय शांति से भी कही जा सकती है।
- आप सही हैं लेकिन आप सामनेवाले का भी दृष्टिकोण समझने का प्रयास करें, वह भी उसकी जगह पर सही है।
- आपका सुझाव सही है किंतु इस विशेष परिस्थिति में यह अधिक उपयोगी सिद्ध नहीं होगा।

३. **मैं आपके साथ हूँ (I am with you)**

- चिंता मत करो, मैं तुम्हारे साथ हूँ।

- डरो मत, मैं तुम्हारे साथ हूँ।
- चाहे कुछ भी हो जाए, कोई भी परिस्थिति हो, मैं तुम्हारे साथ हूँ।
- तुम्हारे इस निर्णय में मैं तुम्हारे साथ हूँ।
- हम आपके शुभचिंतक हैं।

उपरोक्त सारी पंक्तियाँ ऐसी हैं जिसे सुनकर सामनेवाला राहत की साँस लेकर अच्छा महसूस कर सकता है। कम्युनिकेशन करने का यह वह तरीका है, जिसे दुनियाभर में पसंद किया जाता है। इससे बोलने और सुननेवाले दोनों को राहत मिलती है। मल्टिनैशनल कंपनियाँ भी अपने स्टाफ को इस भाषा का उपयोग करने के लिए प्रशिक्षण देती हैं। लोगों से अच्छे रिश्ते बना पाना इस भाषा से सहजता से संभव हो पाता है। इसका इस्तेमाल आप जहाँ भी करेंगे, अपने परिवार में, रिश्तेदारों में, सहकर्मचारियों में... आपके रिश्ते सभी से पहले से अधिक बेहतर बनते जाएँगे।

एक बुरा शब्द सारे अच्छे परिणामों को बुरे में बदल सकता है।
— तिरुवल्लुवर

5

हम और तुम शब्द का सही जगह इस्तेमाल कैसे करें

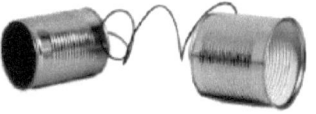

'आप कितना जानते (ज्ञानी) हैं, इसकी लोग परवाह नहीं करते,

जब तक वे यह नहीं जानते कि आप उनकी कितनी परवाह करते हैं।'

यह पंक्ति अमरीका के २६ वें प्रेसिडेंट थिओडोर रूजवेल्ट ने कही है। इस पंक्ति द्वारा वे यह बताना चाहते हैं कि लोगों को आपके ज्ञान से अधिक आपकी उनके प्रति जो परवाह है, वह पसंद आती है।

सोचकर देखें, यदि कोई इंसान आपसे वार्तालाप कर रहा है और उसका पूरा फोकस अपने ऊपर ही है तो क्या ऐसे वार्तालाप में आप रहना पसंद करेंगे? नहीं न! मगर यदि वह आपको महत्त्व देकर आपके बारे में बात कर रहा है तो निश्चित तौर पर आप उसे सुनना पसंद करेंगे। इस समझ का इस्तेमाल आपको भी अपने कम्युनिकेशन में करना है। अगर आप सोच रहे हैं, इसके लिए आपको अपने वार्तालाप का

विषय बदलकर सामनेवाले के बारे में बात करनी है तो ऐसा नहीं है। कम्युनिकेशन के इस तरीके में आपको सिर्फ अपनी भाषा में 'मैं/हम' और 'तुम/आप' शब्द का सही प्रयोग कैसे करना है, यह समझना है। इन शब्दों में कुछ इस तरह बदलाव लाना है, जिससे सामनेवाले को यह महसूस हो कि उन्हें ध्यान में रखकर बात की जा रही है और उनकी परवाह की जा रही है।

आइए, इसे एक उदाहरण द्वारा समझते हैं।

मानो, आप किसी होटल में गए हैं और वेटर से कहते हैं, 'एक प्लेट इडली दीजिए।' फिर वेटर आपसे पूछता है, 'हमारे पास तीन तरह की इडलियाँ हैं, उनमें से कौन सी दूँ?' आप अपना चुनाव बताते हैं और वह आपको इडली लाकर देता है।

किसी दिन आप वापस उसी होटल में जाते हैं। इस बार आपका ऑर्डर लेने के लिए दूसरा वेटर आता है। उससे भी आप इडली ही माँगते हैं। वह भी वही सवाल पूछता है लेकिन अलग तरीके से, 'आपके लिए हमारे पास तीन तरह की इडलियाँ हैं, आप कौन सी लेना चाहेंगे?'

दोनों ने सवाल एक ही पूछा लेकिन किसकी भाषा में ज़्यादा आदर और देखभाल की झलक दिख रही थी? यह फर्क सूक्ष्म है, फिर भी किसकी भाषा आप ज़्यादा पसंद करेंगे? यकीनन दूसरे वेटर की भाषा आप ज़्यादा पसंद करेंगे।

इस बात को एक और उदाहरण से समझिए। आप किसी प्रोजेक्ट पर अकेले कार्य कर रहे हैं और कुछ लोगों ने आपकी थोड़ी सी सहायता की है तो उस प्रोजेक्ट के सफल होने पर आप क्या कहेंगे? क्या आप यह कहेंगे कि 'यह कार्य मेरी मेहनत से पूर्ण हुआ' या यह कहेंगे कि 'यह कार्य हम सबकी मेहनत से पूर्ण हुआ?' भले ज़्यादातर प्रोजेक्ट आपने ही पूर्ण किया हो लेकिन श्रेय लेते वक्त 'हम' शब्द का इस्तेमाल करके आप जताते हैं कि आप स्वकेंद्रित इंसान नहीं हैं और बाकी लोगों की परवाह करते हैं।

आइए, कुछ उदाहरणों से समझें, जब कोई 'मैं' की जगह 'हम' पर ज़ोर देता है तो वार्तालाप में क्या परिवर्तन होता है।

१. **'मैं' वाली सोच :** मुझे लगता है कि न्यू डिस्काउंट पॉलिसी आपको पसंद आएगी।

'हम' वाली सोच : हमें भरोसा है कि आपको हमारी नई डिस्काउंट पॉलिसी

ज़रूर पसंद आएगी।

२. **'मैं' वाली सोच :** मुझे यह जानकर खुशी हुई कि आपने हमारी कंपनी को चुना है।

'हम' वाली सोच : हमें सेवा का अवसर देने के लिए आपका शुक्रिया।

३. **'मैं' वाली सोच :** मैं आपको १०% की छूट दूँगा।

'हम' वाली सोच : हमारी कंपनी की तरफ से आपको इसमें १०% की छूट मिलेगी।

हम वाली सोच से सामनेवाला आपको सुनने के लिए तैयार होगा और व्यावहारिक तथा व्यक्तिगत संबंध मज़बूत होंगे।

इस प्रकार की संबोधनशैली किसी भी इंसान, कंपनी या संस्थान को सम्माननीय तथा महत्वपूर्ण होने का अनुभव कराती है। इस शैली के इस्तेमाल से सुननेवाले की दिलचस्पी बनी रहती है और उसका ध्यान वक्ता की तरफ ही रहता है।

'मैं' शब्द का इस्तेमाल आज तक अहंकार का प्रदर्शन करने के लिए इतनी बार हुआ है कि यह शब्द अहंकार ही दर्शाता है। इसलिए अब वार्तालाप करते वक्त इसका इस्तेमाल सोच समझकर और कम से कम ही करें।

अब हम विपरीत परिस्थिति को सामने रखकर इस विषय को समझते हैं कि कब 'आप' नहीं बल्कि 'मैं, हम या सब' शब्द का प्रयोग करना है।

जैसे, जब नकारात्मक बात या गलती बतानी हो तो इस नियम का इस्तेमाल कैसे करें? ऐसी परिस्थिति में यह नियम उलटा करके इस्तेमाल करें। अर्थात 'तुम' या 'आप' का इस्तेमाल न करें या कम से कम करें।

जैसे 'यह कार्य करते समय तुम्हें सजग रहना था' के बजाय कहें, 'यह कार्य करते समय हम सब थोड़ा सजग हो सकते थे।' या

'ऐसे कार्य करते समय सजगता बहुत महत्वपूर्ण होती है।' या

'ऐसे कार्य करते समय भविष्य में सभी थोड़ा सजग रहें, जिससे हम ऐसी गलतियों से बच सकें।'

इस तरह 'तुम' शब्द का इस्तेमाल न करके, आप उस इंसान को अपने क्रोध के

निशाने से निकाल देते हैं। इसकी वजह से नकारात्मक फीडबैक की तीव्रता थोड़ी कम हो जाती है। मगर याद रखें कि आप जो परिणाम चाहते हैं वह आपको मिले। जैसे इस परिस्थिति में आप चाहते हैं, सामनेवाला वापस ऐसी गलती न करे। वह परिणाम प्राप्त होने के लिए आपको जितनी दृढ़ता के साथ यह फीडबैक देना ज़रूरी है, उतनी दृढ़ता ज़रूर रखें।

यह तरीका अपनाने से लोगों के बीच कार्य करनेवाले माहौल में अच्छा संबंध बना रहेगा। घर परिवार में भी लोग एक-दूसरे की सही सहायता कर पाएँगे। अन्यथा 'तुमने गलती की' यह सुनकर इंसान अपना मूड खराब करके कार्य में और गलती कर बैठता है, साथ ही आपसे बात करने में कतराने लगता है। इसलिए 'हम' के संदेशवाले तरीके से आपको आगे भी बातचीत करने में सहायता होगी, सामनेवाला भी आपको सुनकर कार्य को बेहतरीन करना चाहेगा।

ऊँचे विचारों की भाषा भी ऊँची होनी चाहिए।

-एरिस्टोफेन्स

खण्ड २
लोगों से वार्तालाप कैसे करें

'स्पीच इज़ सिल्वर बट साइलेंस इज़ गोल्डन'
अर्थात वाणी चाँदी समान है तो मौन स्वर्ण समान

इस कहावत को गढ़नेवाले महानुभावों ने अवश्य ही अपनी आंतरिक शांति (मौन) को जाना होगा, पहचाना होगा। संसार में भले ही शब्दों का मोल ज़्यादा हो लेकिन आंतरिक स्तर पर मौन का महत्त्व स्वर्ण जैसा ही आँका जाता है।

संसार के सफलतम लोगों में यह एक आदत देखी गई है कि वे हर रोज़ अपना कुछ समय मौन के लिए निकालते थे। वे पावर ऑफ साइलेंस, मौन की शक्ति को जानते थे, उसका पूरा-पूरा लाभ लेते थे।

अतः हर कार्य कुछ देर मौन में रहने के बाद करने से जीवन में बेहतरीन परिणाम दिखने लगते हैं, जीवन एक नया आकार लेने लगता है। इससे इंसान की सोच बदलती है, उसके निर्णय सही होने लगते हैं, जीवन के नए आयाम सामने आते हैं, नई संभावनाएँ खुलती हैं और वह सही दिशा की ओर अग्रसर होता है।

इसलिए आप भी दिन का एक छोटा हिस्सा मौन के लिए निकालें। यह छोटा सा समय आपके लिए एक बहुत बड़ी इनवेस्टमेंट (निवेश) साबित होगा। साथ ही इसका असर आपके कम्युनिकेशन पर भी होगा क्योंकि आंतरिक शांति से ही, आप शब्दों का बेहतर आदान-प्रदान कर पाते हैं।

जैसे जब इंसान मौन में रहकर वर्तालाप करता है तब वह सोच-समझकर व प्रेमभरे शब्दों का प्रयोग करने लगता है। मौन की मिठास में डूबे शब्दों से सामनेवाले की चेतना बढ़ती है और उसकी अवस्था में परिवर्तन आता है।

साथ ही जब हम आंतरिक शांति में रहकर सामनेवाले को पूर्ण ध्यान देकर सुनते हैं तब हम उसके भाव को भी समझ पाते हैं। जिससे उसके भीतर भी कुछ खुलने लगता है। उसे आनंद आने लगता है। आपके कारण दूसरे आनंदित महसूस करें, इससे अच्छी कम्युनिकेशन क्या हो सकती है!

6

प्रशंसा भरे वाक्य कैसे कहें

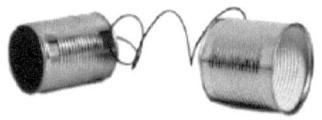

अगर आपने अपनी वाणी पर कार्य करना ठान लिया है और आप चाहते हैं कि आपकी वाणी मीठी हो तो यह कौशल आपके लिए बहुत महत्वपूर्ण है। आप सोचेंगे, किसी की प्रशंसा करना तो बहुत साधारण बात है। यह कौशल कैसे हुआ? लेकिन सामनेवाले इंसान को समझकर, सही समय पर सही कॉम्लिमेंट देना, यह एक कौशल ही है। कई लोग यह नहीं कर पाते। वे झिझक महसूस करते हैं। फिर कुछ लोग कारण देते हैं, 'हम ऐसे ही हैं'... 'ज़्यादा प्रशंसा करने से लोग बिगड़ सकते हैं'... 'प्रशंसा करना ज़रूरी नहीं है वगैरह।' लेकिन सत्य यही है कि सही समय पर अगर आप सामनेवाले की प्रशंसा करने से चूक गए तो आप एक महत्वपूर्ण मौका गँवा सकते हैं। उस एक पंक्ति से सामनेवाले को प्रेरणा मिल सकती है, उसका कार्य में उत्साह बढ़ सकता है, स्वयं पर आत्मविश्वास बढ़ सकता है, आपके उसके साथ रिश्ते ज़्यादा बेहतर हो सकते हैं।

इसे कौशल इसलिए भी कहा जाता है क्योंकि हर इंसान की आप एक जैसे प्रशंसा नहीं कर सकते, आपको अपने कॉम्प्लिमेंट देने के तरीके में बदलाव लाना पड़ता है।

जैसे आपके लिए कार्य करनेवाले कर्मचारी को या आपके साथ कार्य करनेवाले सह-कर्मचारी को आप जैसे कॉम्प्लिमेंट देते हैं, वैसा आप अपने बॉस को नहीं दे सकते। बॉस के साथ आपको कुछ बातों का ध्यान रखना पड़ेगा। आप अपने कर्मचारी को कह सकते हैं, 'कार्य के प्रति आपका समर्पण देखकर अच्छा लगा।' यही बात आप बॉस से नहीं कह सकते। बॉस से आप कह सकते हैं, 'आपका कार्य करने का तरीका देखकर हमें प्रेरणा मिलती है' या 'आपसे हमें बहुत कुछ सीखने के लिए मिलता है।'

इसी तरह बच्चों की आप जैसे प्रशंसा करते हैं, वैसी आप बाकी घरवालों की नहीं कर सकते। यह कौशल प्राप्त करने के लिए आपको सजगता के साथ कुछ समय अभ्यास करना होगा। लोगों का स्वभाव समझना होगा। उसके बाद कुछ प्रयोग करके देखने होंगे। कभी आप प्रत्यक्ष रूप से प्रशंसा करके देखेंगे, कभी अप्रत्यक्ष रूप से। कभी पूरी टीम के सामने प्रशंसा करेंगे तो कभी अकेले में। घर में सभी सदस्यों के सामने प्रशंसा करेंगे या ऐसे लोगों के सामने, जिनके प्रति सामनेवाला आदर महसूस करता है। इन सभी तरीकों के परिणाम अलग आते हैं, इसे समझते हुए आप सीखते जाएँगे। शुरुआत में थोड़ी हिचकिचाहट महसूस होगी। लेकिन निरंतर अभ्यास से आप कुछ ही समय में यह कौशल सीख जाएँगे। फिर खुले दिल से लोगों की प्रशंसा करना आपके लिए सहज होगा।

प्रशंसा भरे वाक्य बच्चों का आत्मविश्वास बढ़ाते हैं। उनकी आत्मछवि को बेहतर बनाने में मदद करते हैं। इनसे आप लोगों का उत्साह बढ़ाते हैं, उनकी मेहनत को मान्यता देते हैं, उन्हें खास होने का अनुभव कराते हैं। जब आप कॉम्लिमेंट देते हैं तो उन्हें आपके बारे में भी कुछ बातें पता चलती हैं। जैसे, आपने उनके बारे में फलाँ सकारात्मक बात नोटिस की है। आप उनके शुभचिंतक हैं और उनके विकास एवं सफलता में आनंदित होते हैं। प्रशंसा करके उन्हें बेहतर या आनंदित महसूस कराना आपकी भावना है। इन बातों का सकारात्मक असर आपके रिश्तों पर होता है। इसलिए कम्युनिकेशन में इस कौशल को सीखना बहुत आवश्यक है।

इस कौशल को प्राप्त करते वक्त महत्वपूर्ण नियम याद रखें, आपको सदा अपनी भावना शुद्ध रखनी है। झूठी भावनाएँ सामनेवाला इंसान अकसर पकड़ लेता है। आपको लगता है कि 'अरे वाह! मैंने कितना सफाई से झूठ बोला।' परंतु ऐसा करने से आप अपनी विश्वसनीयता खो देंगे और स्वयं का ज़्यादा नुकसान कर बैठेंगे।

आइए, इसे गहराई से समझने के लिए प्रशंसा करने के कार्य को हम तीन मुख्य तरीकों में विभाजित कर, कुछ उदाहरणों द्वारा अभ्यास करना शुरू करते हैं।

१. कार्य की प्रशंसा : बच्चे हों, घर के सदस्य हों या कार्यक्षेत्र में आपके कर्मचारी या सहकर्मचारी हों, उनके कार्य की प्रशंसा करना उन्हें प्रेरणा देने का बेहतरीन तरीका है। आपने उनकी मेहनत को नोटिस किया, यह बात कई लोगों के लिए बहुत महत्वपूर्ण होती है। जो लोग मेहनत करते हैं, वे चाहते हैं, उनके कार्य की कदर की जाए। प्रशंसाभरी आपकी एक पंक्ति उन्हें पूर्णता देती है। बच्चों के साथ यह तरीका बेहतरीन परिणाम देता है। उनके सही कार्य की सही मात्रा में प्रशंसा करके न सिर्फ आप उन्हें सही दिशा में आगे बढ़ने के लिए मार्गदर्शन देते हैं बल्कि उन्हें महत्वपूर्ण होने का एहसास भी कराते हैं। यह उनके विकास में बहुत उपयोगी सिद्ध होता है।

निम्नलिखित कुछ पंक्तियों से आप यह अभ्यास शुरू कर सकते हैं।

- आपने आज जो प्रेजेंटेशन दिया, वह बहुत बढ़िया था।
- इस प्रोजेक्ट को आपने पूरी ज़िम्मेदारी के साथ सँभाला, यह मुझे बहुत अच्छा लगा।
- आपका काम आपके बारे में बताता है- कुशल, व्यवस्थित और परिणाम युक्त। बहुत बढ़िया।
- इतने सारे मेहमानों का खाना तुमने अकेले बनाया, यह बहुत बड़ी बात है।
- यह पेंटिंग तो बहुत बढ़िया है।
- आपके पास हर किसी से आगे जाने की कला है लेकिन इस बार तो आपने समय को भी पीछे छोड़ दिया। बहुत बढ़िया।
- इतने अच्छे मार्क्स लाए आपने! आप तो बहुत होशियार हो।
- तुमने अपने साथ अपनी छोटी बहन के लिए भी चम्मच लाया। तुम बहुत अच्छे बच्चे हो।
- कल आप सही समय पर टी.वी. बंद करके सोने चले गए, मुझे यह आपका खुद पर डिसिप्लिन देखकर बहुत अच्छा लगा।

२. गुणों की प्रशंसा : जब आप बच्चों के गुणों की प्रशंसा करते हैं तो वे स्वयं को उन गुणों से पहचानना शुरू करते हैं। यह उनकी आत्मछवि को बेहतर बनाने का बेहतरीन तरीका है। उनके छोटे गुणों पर उनका ध्यान आकर्षित करके, उनका संवर्धन करने में आप मदद करते हैं।

निम्नलिखित कुछ पंक्तियों से आप यह अभ्यास शुरू कर सकते हैं।

- तुम्हारा उत्साह मुझे बहुत पसंद है।
- आपका 'सेन्स ऑफ ह्यूमर' (मजाक करने का तरीका) बहुत अच्छा है।

३. व्यक्तित्व या वस्तुओं की प्रशंसा : सोचिए, आप ऑफिस गए हैं और आपके एक सह-कर्मचारी ने नए जूते पहने हैं, जिसका रंग आपको बहुत अच्छा लगा। अगर आपने यह बात उसे शब्दों में कह दी तो इसका उस पर क्या असर होगा? यकीनन, उसे अच्छा ही महसूस होगा। जब आप लोगों के व्यक्तित्व की, वस्तुओं की या उपलब्धियों की प्रशंसा करते हैं तो उन्हें अच्छा लगता है। अगर आप आगे जाकर कहते हैं, 'ये जूते आपकी पर्सनॅलिटी को और निखारते हैं।' तो ऐसी प्रशंसा का कई लोग स्वागत ही करेंगे।

ऐसी पंक्तियाँ सामनेवाले को यह बताती हैं कि आप उनकी उपलब्धियों में, उनकी खुशियों में और उनकी उन्नति से प्रसन्न होते हैं। रिश्तों को बेहतर बनाने के लिए यह महत्वपूर्ण पहल है।

निम्नलिखित कुछ पंक्तियों से आप यह अभ्यास शुरू कर सकते हैं।

- यह शर्ट आप पर अच्छी लग रही है।
- आपकी स्माईल बहुत अच्छी है।

साथ ही- वाह-वाह / आहा! / अति-सुंदर / राय/ ग्रेट / अप्रतिम / अद्‌भुत/ उत्तम / बढ़िया /निराला आदि शब्दों का प्रयोग करें।

कम्युनिकेशन में यदि आप सकारात्मक शब्दों के असर को समझ गए तो आपने कम्युनिकेशन का पहला पड़ाव पार कर लिया।

प्रशंसा भरे कुछ शब्द कई बार किसी की असफलता
या सफलता के तराजू का संतुलन बदल देते हैं।

-अज्ञात

7
लोगों की आत्मछवि का खयाल रखने की आवश्यकता क्यों है

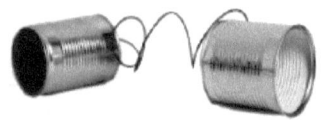

हर इंसान चाहता है कि उसकी छवि लोगों के मन में अच्छी हो। कोई नहीं चाहता लोग उसकी गलत छवि को मन में रखें। क्योंकि लोग उस छवि को देखकर ही उसके साथ व्यवहार करते हैं। इसलिए वह सदा अपनी बाहरी छवि अच्छी रखने का प्रयास करता है।

लेकिन इंसान की एक आत्मछवि भी होती है। वह अपने अंदर स्वयं की एक छवि (सेल्फ इमेज) रखता है, जिससे वह स्वयं को पहचानता है और 'सही' समझता है। क्योंकि कोई भी खुद को गलत समझना नहीं चाहता। कारागृह में कैद ज़्यादातर कैदी भी खुद को सही समझते हैं। यदि उनसे पूछा जाए कि क्या वे अपने गुनाह को स्वीकार करते हैं तो उनकी क्रिया उस परिस्थिति में कैसे सही थी, वे इसका स्पष्टिकरण देंगे।

स्वयं को सदा सही समझने के साथ-साथ इंसान स्वयं को बुद्धिवान, दयावान, पहलवान, मेहनती, अच्छा,

सफल, हमेशा सही का साथ देनेवाला समझ सकता है। फिर जब इस छवि पर हमला होता है तब उसे वह स्वयं पर हुए हमले जैसा लगता है। क्योंकि उसकी पहचान इस आत्मछवि के साथ ही है। इसके मिटने पर वह अपने अस्तित्व की कल्पना ही नहीं कर सकता।

इसलिए उसकी आत्मछवि पर जब कोई हमला करता है तो उसे ज़्यादातर तीन ही चुनाव दिखाई देते हैं। **पहला**– सामनेवाले की बात स्वीकार कर, अपनी आत्मछवि बदल दे। किंतु ऐसा करना उसे मृत्यु समान लग सकता है क्योंकि उसे अपने अहंकार को खोना पड़ता है।

दूसरा– सामनेवाले का विरोध कर, उसे गलत सिद्ध कर दें।

तीसरा– चुप रहकर मन में उसे गलत समझते हुए उसके प्रति द्वेष रखें। क्योंकि सामनेवाले ने उसके अस्तित्व पर हमला किया है इसलिए द्वेष भी होगा।

आपने देखा होगा कि ज़्यादातर लोग उपरोक्त तीन का ही चुनाव करते हैं। ऐसी परिस्थिति में आपकी बात सामनेवाले तक सही तरीके से नहीं पहुँचनेवाली है। इसके लिए आपको यह समझ रखते हुए उससे बात करनी होगी कि **गलत, इंसान नहीं बल्कि उसकी आदत, संगत या परिस्थिति होती है।** और यही बात आपको अपने कम्युनिकेशन द्वारा उसकी आत्मछवि को बरकरार रखते हुए बतानी है।

अगर आप लोगों की आत्मछवि सँभालकर उनसे बातचीत करने का गुर नहीं जानते तो कम्युनिकेशन की असफलता के लिए ज़िम्मेदार आपकी यह कमी ही समझी जाएगी।

लोगों के साथ कम्युनिकेशन करते वक्त कौन से शब्दों से उनकी आत्मछवि को ठेंस पहुँचती है, इसका यदि आप निरीक्षण करना शुरू करेंगे तो कई रहस्य आपके सामने खुल सकते हैं। सिर्फ कुछ शब्दों का प्रयोग हम बदल दें तो सामनेवाले की आत्मछवि सँभालते हुए सफल कम्युनिकेशन करना संभव है।

इसे एक उदाहरण से समझते हैं। एक पिताजी को पता चलता है कि उनका बेटा अपने कुछ मित्रों के साथ रहकर सिगरेट पीने लगा है। एक दिन वे बेटे को बुलाकर कहते हैं, 'तुम सिगरेट कब से पीने लगे हो? मैंने तुम्हें कहा था कि तुमने गलत लोगों को मित्र बनाया है। ऐसे लोगों की संगत में रहकर एक दिन तुम भी उनकी तरह ही बन जाओगे। देखो आज उनमें और तुममें क्या फर्क रह गया है? तुम निकम्मे और आवारा हो चुके

हो। जाने भविष्य में और कौनसे गुल खिलाओगे। आज के बाद कभी सिगरेट को हाथ भी मत लगाना और गलत मित्रों का संग हमेशा के लिए छोड़ दो।'

अब इन शब्दों का बेटे पर क्या असर होगा? पिताजी ने अप्रत्यक्ष रूप से कह दिया कि 'तुम गलत और बुरे लोगों की संगत में रहकर गलत और बुरे बन चुके हो।' यह बेटे के अहंकार पर हमला है। अहंकार पर ठेस पहुँचती है तो इंसान यह जानते हुए भी कि वह गलत कर रहा है, उसी गलत राह पर चल पड़ता है, इस तरह उसका नुकसान तय है।

यदि वह दूसरे चुनाव में पिताजी की बात को अस्वीकार कर, उनका विरोध करे तो वह सोच सकता है कि 'मैं बुरा इंसान नहीं हूँ और न मेरे मित्र बुरे हैं। हम लोग कभी भी एक-दूसरे की मदद के लिए तैयार रहते हैं। हम कभी एक-दूसरे का साथ नहीं छोड़ते' वगैरह। ऐसे तर्क देकर वह स्वयं को सही और अच्छा सिद्ध करने का प्रयास करेगा और पिताजी से दूरी बनाना शुरू करेगा। अगर पिताजी ऐसे हमले जारी रखेंगे तो वह उनसे झगड़ा भी करेगा। इस तरह कम्युनिकेशन का उद्देश्य सफल होने की संभावना इस परिस्थिति में कम हो जाती है।

यदि वह तीसरा चुनाव करके चुप रहता है तो जीवनभर पिताजी और उसके रिश्ते में खटास बनी रहती है।

अब यदि पिताजी बेटे से सही चुनाव करवाना चाहते हैं तो पहले उन्हें अपने कम्युनिकेशन में बदलाव लाना होगा, उन्हें समझना होगा कि बेटा गलत नहीं बल्कि उसकी आदत गलत है। जो कि सच्चाई भी है। यह सच्चाई बताने से बेटा खुद को भी सही महसूस करेगा और पिताजी को भी गलत नहीं समझेगा।

आइए, देखते हैं कि यदि पिताजी बेटे को दूसरे तरीके से समझाते तो कैसे समझाते। वे बेटे को बुलाकर कहते हैं, 'मुझे पता चला है कि तुमने सिगरेट पीना शुरू किया है। तुम्हें पता है, सिगरेट बहुत बुरी चीज़ है। इससे बहुतों का नुकसान होते हुए हमने देखा है। (वे सिगरेट के नुकसान गिनाते हैं।) हमें पता है तुम अच्छे इंसान हो लेकिन यह सिगरेट की आदत बहुत बुरी है, यह आदत तुमसे गलत काम भी करवा सकती है। तुम बुरे नहीं हो पर सिगरेट ज़रूर बुरी है। इसे तुरंत छोड़ दो। अगर तुम्हारे मित्रों के साथ रहकर तुम्हें यह कठिन लगे तो अपना संघ बदल दो, ताकि तुम ऐसी बुरी चीज़ों से दूर रह पाओ।'

इस संवाद में बेटे को कहीं पर भी गलत या बुरा नहीं कहा गया है। गलत सिगरेट और उसकी आदत को कहा गया है। यहाँ उसकी आत्मछवि को बिगाड़ने का प्रयास नहीं हुआ। इसलिए बेटे द्वारा पिताजी की बात स्वीकार करके उस पर कार्य करने की संभावना ज़्यादा है।

लोगों की आत्मछवि को सँभालते हुए इस सच्चाई को ध्यान में रखना है, गलत या बुरा कोई इंसान नहीं होता बल्कि गलत या बुरी उसकी क्रिया होती है, उसकी आदत या वृत्ति होती है, जिन्हें सुधारा या बदला जा सकता है। कई संतों, महात्माओं से हमने सुना है, 'बुरे लोगों को नहीं बल्कि उनके अंदर की बुराई को मिटाना चाहिए।'

बुराई और आप एक नहीं हैं, अलग हैं और उसे छोड़ना या उससे दूर होना आपके हाथ में है।

इस समझ के साथ लोगों की आत्मछवि का खयाल रखते हुए अपने वार्तालाप में इन शब्दों का प्रयोग किया जा सकता है, 'आप गलत नहीं हैं, आपसे यह जो क्रिया हुई वह मेरे खयाल से गलत है... आप बुरे नहीं हैं आपकी यह आदत बुरी है... आप गलत नहीं हैं, यह व्यसन गलत है... आपके लिए सफलता बहुत सहज है, सिर्फ आपको इस आलस्य की वृत्ति को छोड़ना होगा... आप लापरवाह नहीं हैं लेकिन इस कार्य का स्वरूप ही ऐसा कि इसमें छोटी सी गलती भी बड़ा नुकसान कर सकती है। इसलिए अगली बार ज़्यादा सजग रहें इत्यादि।

इस तरह जब आप लोगों को उनकी गलतियों या बुराइयों से अलग समझकर बात करते हैं तो न सिर्फ आप उनकी आत्मछवि को सँभालते हैं बल्कि आप उनमें उनकी बुराइयों से बाहर आने का विश्वास भी दर्शाते हैं। साथ ही आप लोगों को गलत कहने की जगह, उनकी क्रियाओं या आदतों को गलत कहकर सकारात्मक तरीके से गलती का दर्शन करा सकते हैं।

कई बार हमारे कम्युनिकेशन से सामनेवाला ऐसा अर्थ निकाल सकता है, जो उसके आत्मछवि को ठेंस पहुँचा सकता है। ऐसे समय में आप होनेवाले नुकसान का पहले ही अंदाजा लगाते हुए उससे कैसे बच सकते हैं, इसे नीचे दिए गए उदाहरण से समझते हैं।

अभिजीत जो एक कंपनी में इंटरनल ऑडिट का काम सँभालता है, अपने सह-

कर्मचारी नितीन से एक्सेल (कंप्यूटर प्रोग्राम) में कुछ रिपोर्टस् बनाने के लिए कहता है। नितीन जिसे एक्सेल की बेहतर जानकारी नहीं है, वह हमेशा कुछ गलती करके अभिजीत को रिपोर्ट भेजता है। अभिजीत कई बार उसे फीडबैक देने से खुद को रोकता है और एक दिन परेशान होकर कहता है, 'नितीन, तुम किसी से एक्सेल सीख क्यों नहीं लेते? तुम्हारी फाईल्स में काफी गलतियाँ होती हैं।' अब चूँकी यह बात बताते वक्त अभिजीत के अंदर गुस्सा दबा हुआ था इसलिए नितीन ने उसके कड़वे शब्दों का अर्थ कुछ इस तरह निकाला-'अभिजीत मुझे 'मट्ठ' समझता है।' ये शब्द नितीन की आत्मछवि पर तीर बनकर बरसते हैं।

अब यदि कार्य में हुई गलतियों को वह खुले मन से स्वीकारता है तो उसे उन शब्दों को भी स्वीकारना होगा। इसलिए अपनी गलतियों की जिम्मेदारी लेना उसे कठिन लगता है। दूसरा चुनाव उसके सामने बचता है, विरोध प्रदर्शित करना। नितीन मन में अपनी आत्मछवि सँभालते हुए सोचता है, 'मैंने इंटरव्यू में ही कहा था, मुझे टैली का पाँच वर्ष का अनुभव है और मुझे टैली में ही काम करना है। लेकिन इन लोगों ने मुझे एक्सेल का काम थमा दिया और अब मुझसे इतनी अपेक्षाएँ भी रखते हैं।' तीसरे चुनाव में वह चुप रहकर खुद तो दुःखी रहता है और सामनेवाले को भी गलत समझता रहता है। इस तरह, नितीन आधे मन से कुछ गलतियाँ सुधारता है और कुछ बातों पर 'यह मेरा काम नहीं है' या 'यह गलती है ही नहीं', ऐसे तर्क देकर अभिजीत से बहस करता है। जिसके परिणामस्वरूप उन दोनों के बीच जिस तालमेल से कार्य हो सकता था, वह नहीं हो पाता।

आइए, अब समझते हैं अगर अभिजीत नितीन की आत्मछवि को सँभालते हुए कम्युनिकेशन करता तो वह कैसे होता?

जब अभिजीत के सामने एक दो बार नितीन की गलतियाँ आती हैं तो वह देर किए बगैर नितीन के पास जाकर कहता, 'नितीन मुझे लगता है, आपने पहले एक्सेल में ज़्यादा कार्य नहीं किया है इसलिए फाईल्स में कुछ गलतियाँ दिख रही हैं। आप ऑफिस में किसी से इस कार्य से संबंधित बातें सीख लीजिए ताकी आगे गलतियाँ न हों और मुझे उम्मीद है कि आपके लिए यह ज़्यादा कठिन नहीं होगा।' अब यह कम्युनिकेशन जल्दी हुआ है तो अभिजीत के स्वर में कड़वाहट नहीं थी। कम्युनिकेशन के शुरुआत में ही उसने नितीन की गलतियों के लिए ज़िम्मेदार उसके कम अनुभव को बताकर, उसकी आत्मछवि को सुरक्षित कर दिया। अंत में नितीन की क्षमताओं पर विश्वास दिखाकर,

उसकी आत्मछवि को ठेंस पहुँचने की संभावना ही खत्म कर दी।

लोगों की आत्मछवि को सँभालते हुए कम्युनिकेशन करना तब और चुनौती भरा काम बन जाता है, जब हम उन्हें उनकी किसी कमी के बारे में बताना चाहते हैं। लोग जब दूसरों की कमियाँ बताते हैं तो उसे 'क्रिटिसीजम', 'निंदा' या 'आलोचना' कहा जाता है। कम्युनिकेशन कौशल में सफल होने में यह एक बड़ी बाधा है। अगले भाग में हम इसी विषय को विस्तार से समझेंगे।

आशावादी शब्दों में वह तरंग है जो आपको स्वास्थ्य प्रदान करती है
इसलिए सदा आशावादी व प्रेरणा देनेवाले शब्द इस्तेमाल करें।
प्रेम, आनंद और मौन जैसे शब्द गुनगुनाते रहें।

-सरश्री

8
आप सही रहना पसंद करेंगे या खुश रहना

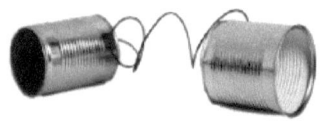

एक कब्रिस्तान में दो कब्र बनाई गई हैं। दोनों पर कुछ लिखा हुआ है। पहली कब्र पर लिखा है, 'यहाँ वह इंसान सोया हुआ है, जो हमेशा सही था लेकिन जीवनभर दुःखी रहा।' और दूसरी पर लिखा है, 'यहाँ वह इंसान लेटा हुआ है, जो हमेशा गलत था लेकिन जीवनभर खुश रहा।'

एक इंसान जीवनभर यह जताते हुए फिरता है कि 'मैं कैसे सही हूँ।' वह कई कारण और तर्क देकर सिद्ध करता है कि वह कैसे सही है और वह कभी गलत नहीं होता लेकिन वह जीवनभर दुःखी रहता है। क्योंकि वह अपनी नज़रों में सही रहता है मगर कोई उसे यह कहता ही नहीं कि 'तुम सही हो।' 'मैं सही हूँ' यह सिद्ध करने के लिए वह अपनी पूरी शक्ति लगाता है। जिस दिन कोई उसे 'तुम सही हो' कहता है तो उसे सुकून मिलता है। वह सोचता है, 'मैंने घरवालों के लिए इतना कुछ किया... जीवनभर उनका खयाल रखा फिर भी लोग मुझे गलत समझते हैं... पता नहीं कब लोग मुझे सही समझेंगे...।'

'मैं सही रहूँ, एक सही इंसान कहलाऊँ' यही उसकी ख्वाहिश होती है। उसकी यह ख्वाहिश तो पूरी होती है लेकिन उसका जीवन दुःख में बीतता है। सही होने के बोझ को वह ढोता रहता है।

दूसरा इंसान 'मैं गलत हूँ' यह आसानी से स्वीकार कर पाता है। इस वजह से लोग सोचते हैं, 'बेचारा अपनी गलती मान रहा है, चलो इसका काम कर डालो।' इस तरह लोगों के मन में उसे मदद करने के भाव आते हैं, जिससे उसके काम पूरे हो जाते हैं।

यह बात बहुत महत्वपूर्ण है, इसे गहराई से समझें। क्योंकि आपको 'I am right' से 'I am wrong' की तरफ शिफ्ट होना है। इंसान का मन यह मानने के लिए कभी राज़ी नहीं होगा कि वह गलत है। वह तो यही कहेगा कि 'मैं सही हूँ और सभी मुझे सही समझें।' क्योंकि वार्तालाप का तरीका सीखा ही नहीं है।

अगर आप सामनेवाले को गलत सिद्ध करना चाहते हैं तो वह कभी आपको सहयोग नहीं करेगा। भले ही आप सीधे शब्दों में 'तुम गलत हो' यह नहीं कहते लेकिन अप्रत्यक्ष रूप से कोशिश तो यही रहती है। आपको पता भी नहीं चलता कि आप ऐसा करते हैं। आइए, इसे एक उदाहरण से समझते हैं।

आप पोस्ट ऑफिस गए हैं। वहाँ पहुँचकर आपने देखा कि खिड़की बंद हो रही है। आपने जाकर तुरंत खिड़की में बैठे इंसान को अपना काम बता दिया। इस पर वह कहता है, 'अभी यह काम नहीं होगा, ऑफिस बंद होने का समय हो चुका है।' तब आप उसे कहते हैं, 'ऑफिस बंद होने में तो दो मिनट अभी भी बाकी हैं।' यह कहकर आपने उसे अप्रत्यक्ष रूप से यह कम्युनिकेट किया कि 'तुम गलत हो।' उसे भी यह मालूम था कि समय खत्म होने में अभी दो मिनट बाकी हैं लेकिन आपने यह कहकर उसे गलत बताना चाहा।

जब भी कोई किसी को 'तुम गलत हो' कहता है तो उस पर क्या असर होता है यह आपको मालूम नहीं है। जब आपने कहा, 'अभी दो मिनट और हैं' तो आप उसके अहंकार पर डाका डाल रहे हैं इसलिए वह आपको चोर समझ लेता है और वह अपना सामान (मैं, अहंकार) सँभालने की कोशिश करने लगता है। एक तरह से वह सिकुड़ जाता है। आप उसे कुछ कहने की कोशिश करते हैं तो वह आपको जाने के लिए कहता है। जब आप कहते हैं, 'मैं बड़े साहब के पास तुम्हारी शिकायत करूँगा' तो वह कहता है, 'जाओ.. जाओ... कर लो जो करना है।'

क्योंकि आपको चोर समझकर वह आपकी बातें सुनने के लिए बंद हो जाता है। यह असल में क्या चल रहा है, न उसे समझ में आता है न आपको।

यदि आपने यह बात उसे इस तरह कम्युनिकेट की होती कि 'आप बिलकुल सही हो, ऑफिस बंद होने का समय हो गया है लेकिन बच्चे को स्कूल से लाना था इसलिए मुझे आने में थोड़ी देर हो गई' तो नज़ारा कुछ और भी हो सकता था। आपकी बातें सुनकर शायद वह आपकी मदद कर देता।

पहले दृश्य में उसने आपको चोर समझकर देखा, वहीं दूसरे दृश्य में आप फरियादी बनते हैं। जब आप फरियादी बनते हैं तो वह अपने आप मददगार बनता है। ऐसे में वह कोशिश करता है कि हर संभव तरीके से आपकी मदद कर पाए। यदि आप सीधे या अप्रत्यक्ष रूप से किसी पर इल्जाम लगाते हैं तो उसके अहंकार को ठेस पहुँचती है और उसका हृदय बंद हो जाता है। और बंद इंसान किसी की मदद नहीं करता। जो खुला हुआ है, वही मदद कर सकता है।

लोगों को अपने शब्दों से कैसे बंद न किया जाए, यह समझना महत्वपूर्ण है क्योंकि सबके अंदर जो 'मैं' है, वह बड़ी नाज़ुक चीज़ है। एक छोटे शब्द से भी वह टूटकर बिखर सकती है। अहंकार को ऐसी चोट पहुँचती है कि इंसान अपना नुकसान करने के लिए भी तैयार हो जाता है।

पहले सामनेवाले को 'आप सही हो', यह बताकर आश्वस्त करें और बाद में अपनी दिक्कत बताएँ। जब सामनेवाला आश्वस्त हो जाता है कि 'यह चोरी करने नहीं आया है' तो वह अपने सामान की फिक्र नहीं करता।

कारण चाहिए या लोगों का सहयोग?

लोगों से बातचीत करते वक्त आपको सिर्फ कारण चाहिए या आप चाहते हैं कि लोग आपका सहयोग करें? कोई काम 'क्यों नहीं किया' पूछने पर लोग तुरंत उसके पीछे का कारण बताते हैं। वे कारण और इल्ज़ाम इन दोनों का इस्तेमाल करते हैं। जैसे, फलाँ की वजह से मैं यह काम नहीं कर पाया... उसने ऐसा किया इसलिए मैं यह नहीं कर पाया...' आदि। कुछ लोग जीवनभर कारण देते रहते हैं। लोगों को अपना कारण बहुत सही लगता है। अगर किसी को बताया जाए कि 'तुम्हारा बताया हुआ कारण गलत है' तो उसके अंदर असुरक्षा की भावना जगती है। फिर वह आगे काम नहीं करना चाहता।

घर में भी अगर आप किसी को कुछ समझा रहे हैं तो उसे लगता है कि सामनेवाला मुझे गलत ठहरा रहा है। भले ही आपके कहने का अर्थ वैसा न हो लेकिन सामनेवाले को वह वैसा ही जाता है।

आप खुद का अवलोकन करके देखें कि जब कोई आपसे कुछ कहता है तब आप किस तरह असुरक्षित महसूस करते हैं। उस वक्त आपको यही लगता है कि सामनेवाला मुझे गलत कह रहा है। आप तुरंत सिकुड़ जाते हैं।

होना तो यह चाहिए कि जब कोई आपको गलत कहे तो आप अंदर उसे स्वीकार कर पाएँ कि 'हाँ, मैं गलत ही है।' क्योंकि आपके अंदर जो 'मैं (अहंकार)' है, वह गलत ही है। लोगों के लिए 'मैं गलत' कहना गले का फंदा लगता है। यह फंदा गले से निकले इसके लिए थोड़े रियाज़ की ज़रूरत है।

जब भी ऐसा दिखाई दे कि सामनेवाला आपका काम नहीं कर रहा है तो तुरंत पहले उसे आश्वस्त करें। पहले अप्रत्यक्ष रूप से उसे 'तुम सही हो' यह बताएँ। यह कहने से सामनेवाले को बहुत अच्छा लगता है कि 'यह मेरी स्थिती समझ रहा है। यह मेरा शुभचिंतक है।'

कुछ लोग अनजाने में सामनेवाले को 'तुम सही' और 'मैं गलत' कह देते हैं और उनके काम हो जाते हैं परंतु वे इसका कारण समझ नहीं पाते। वे कहते हैं, 'हम जहाँ भी जाते हैं, हमारे सब काम होते है।' और कोई कहता है, 'जहाँ भी मैं जाता हूँ, मेरे काम अटके रहते हैं।'

इससे समझें कि जिसके काम हो रहे हैं, वह अप्रत्यक्ष रूप से लोगों को 'आप सही हैं' कह रहा है। उसे 'मैं गलत' कहने में कोई हिचकिचाहट नहीं होती। क्योंकि वह जान चुका है कि उसके अंदर जो 'मैं' है वह गलत है। इसलिए कारण देना बंद करें।

'मैं सही हूँ' यही आप कहते रहते हैं तो अंत में गलत ही सिद्ध होते हैं। लोग आपको सही मान भी लें मगर आप दुःखी रहे, ऐसा जीवन आप नहीं चाहेंगे। एक तरफ आपको सिर्फ बड़ी कुर्सी पर बिठा दिया लेकिन खाने के लिए कुछ दिया ही नहीं और दूसरी तरफ आपको ज़मीन पर बिठाया लेकिन रसगुल्ला खिलाया, दोनों में से क्या चाहेंगे? यह आपको ही तय करना है।

9

निदंक क्यों न बनें

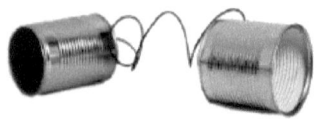

निंदा, आलोचना (क्रिटिसीजम) किसी को पसंद नहीं आती। यह सीधे हमारी आत्मछवि पर हमला है। अगर आपको कम्युनिकेशन में प्रवीणता प्राप्त करनी है तो निंदा या आलोचना करने के बेहतर विकल्प ढूँढ़ने होंगे। अपनी बात बताने के नए तरीके सीखने होंगे। इस विषय में आगे बढ़ने से पहले, यह समझने का प्रयास करें कि अगर आलोचना कोई भी पसंद नहीं करता तो लोग आलोचना क्यों करते हैं? इसके तीन कारण हैं-

पहले कारण में आलोचना करके इंसान के अहंकार को पुष्टि मिलती है। वह लोगों की और स्वयं की नज़र में बड़ा बनता है। दूसरों के सामने बड़ा बनने का आसान तरीका है- सामनेवाले को नीचा दिखाया जाए, उसे गलत सिद्ध किया जाए। जैसे दो महिलाएँ आपस में बातचीत के दौरान तीसरी महिला की आलोचना कर रही हैं। ऐसा करके, वे यह जताना चाहती हैं कि 'मैं वैसी नहीं हूँ, मैं तो अच्छी हूँ।' इस तरह उन्हें स्वयं के बेहतर होने का अनुभव

मिलता है। लेकिन वास्तविकता इसके बिलकुल विपरीत होती है। विकास की इस झूठी भावना के साथ इंसान जितनी लोगों की आलोचना करता है, उतना ही उसका पतन होता है।

दूसरे कारण में लोगों को लगता है कि अगर हम आलोचना नहीं करेंगे तो सामनेवाले का विकास कैसे होगा? यदि आपकी यह धारणा है तो निम्नलिखित पंक्तियाँ पढ़ें:

'मैं जानता हूँ कि तुमसे यह काम नहीं हो पाएगा

पर ट्राय करके देख लो।'

या

'मुझे विश्वास है कि तुम अपनी लिमिटेशन्स को

तोड़ते हुए यह काम कर दिखाओगे।'

उपरोक्त दोनों पंक्तियों में से कौन सी पंक्ति कहने से आपको प्रेरणा मिलेगी? सोचकर देखें।

ऊपर दी गई पहली पंक्ति में निंदा की जा रही है व कमज़ोरी पर ध्यान दिलाया जा रहा है। जबकि दूसरी पंक्ति में तारीफ के साथ योग्यता बढ़ाने पर ध्यान दिया जा रहा है। यही फर्क है आलोचना और सकारात्मक प्रोत्साहन में।

अकसर देखा गया है कि लोगों को सुधारने के लिए इंसान आदत अनुसार पहला तरीका अपनाता है यानी दूसरों में दोष देखकर टोका-टाकी ही करता है। जिस वजह से सामनेवाला सुधरने के बजाय और बदतर होता जाता है।

लोग कहते हैं कि यदि हम सामनेवाले को बताएँ नहीं तो उसे अपनी गलतियों का एहसास कैसे होगा? आपकी यह भावना सही है और यह कारण भी जायज़ है, यदि आपके पास कम्युनिकेशन का प्रशिक्षण नहीं है या आप ऐसा कोई प्रशिक्षण लेना नहीं चाहते हैं। क्योंकि कम्युनिकेशन के प्रशिक्षण के साथ आपको ऐसे कई बेहतर तरीके मिलेंगे, जिनका इस्तेमाल करके आप आलोचना किए बगैर सामनेवाले को उसकी गलती दिखा सकते हैं और इस तरह के कम्युनिकेशन से बेहतर परिणाम भी प्राप्त हो सकते हैं।

इंसान की समझ यह भी होती है कि 'हमें आलोचना मिली इसलिए हम आगे बढ़

पाए... हमने उसे चुनौती समझा इसलिए आज हम जीवन के एक बड़े मुकाम पर पहुँचे हैं।' मगर यहाँ समझनेवाला मुद्दा यह है कि हर कोई आलोचना को चुनौती नहीं समझ पाता। ऐसे भी कई लोग हैं, जो आलोचना की वजह से जीवन में असफल हुए हैं। वे लोग खुलकर विश्व के सामने नहीं आए इसलिए उनकी कहानी कोई नहीं जानता। कुछ लोग आलोचना से प्रेरणा प्राप्त कर सकते हैं लेकिन ज़्यादातर लोग तारीफ, पुरस्कार, शाबाशी, आदर पाकर प्रेरित होते हैं। जैसे आपने किसी बच्चे से उसकी हैंडराइटिंग (लिखाई) की तारीफ कर दी तो वह अपनी हैंडराइटिंग को और भी बढ़िया बनाना चाहेगा। किसी की ड्रॉईंग की तारीफ करने से उसकी ड्रॉईंग और सुधर सकती है।

इसके बावजूद अगर आप समझते हैं कि विकास के लिए इंसान को आलोचना से गुज़रना ज़रूरी है तो आपसे यह निवेदन है कि पहले आप इसके पर्यायी बेहतर तरीकों का प्रयोग करके देखें। अगर वे तरीके काम न करें तो आखिरी उपाय समझकर आप आलोचना का इस्तेमाल कर सकते हैं। लेकिन याद रहे, अगर आपका उद्देश्य लोगों से बेहतर रिश्ते बनाते हुए कम्युनिकेशन करना है तो आलोचना करने का तरीका आपकी मदद नहीं करेगा।

तीसरे कारण में इंसान आलोचना करता है क्योंकि उसे इसकी आदत पड़ चुकी है। किसी की कमी या गलती दिखी तो वह सिर्फ आदतवश आलोचना करना शुरू करता है। ऐसे लोगों का जीवन गहरी बेहोशी में चल रहा होता है। जब जीवन बड़ा धक्का देकर उन्हें सबक सिखाता है तब वे अपनी यह आदत थोड़ी नियंत्रण में लाने की कोशिश करते हैं।

इसलिए आलोचना करने से पहले मनन हो कि

* इस आलोचना के पीछे क्या कारण है?
* सिर्फ आदतवश या अपने अहंकार को बढ़ाने के लिए आप आलोचना कर रहे हैं?
* क्या आप जो कहने जा रहे हैं, वाकई वह सत्य है?
* क्या आप जो कहने जा रहे हैं, वह कहना ज़रूरी है?
* क्या आप जो कहने जा रहे हैं, उसे अच्छे शब्दों में कहा जा सकता है?

इस तरह के सवाल जब आप खुद से पूछेंगे तब आपको स्पष्ट होगा कि सच में आप सामनेवाले में सुधार लाना चाहते हैं या आपको आलोचना की आदत पड़ चुकी है। अगर आप वाकई सामनेवाले का विकास चाहते हैं तो इसके लिए बेहतर विकल्प उपलब्ध हैं, जिनका इस्तेमाल करके आप आलोचना से होनेवाले नुकसानों

से बच सकते हैं।

कम्युनिकेशन में आलोचना का इस्तेमाल करने के कई नुकसान हैं। इससे अकसर आपके कम्युनिकेशन का उद्देश्य असफल तो होता ही है, साथ ही रिश्तों में भी कड़वाहट आती है। कई बार कार्यक्षेत्र में लोग मन में द्वेष रखकर आपसे हिसाब बराबर करने के लिए मौका ढूँढ़ते रहते हैं और समय पाकर आपको भी तकलीफ पहुँचाने की भावना से आलोचना भरे तीखे शब्द कहते हैं।

बच्चों के साथ जब यह तरीका इस्तेमाल होता है तो बच्चे आपके शब्दों के लिए असंवेदनशील बनते जाते हैं। शुरुआत में आपके शब्द उन्हें दुःख पहुँचाते हैं लेकिन बार-बार वही सुनकर, वे इस दुःख से बचने के लिए आपको अनदेखा और आपकी बातों को अनसुना करना सीख जाते हैं। कई माँ-बाप हमेशा एक ही राग अलापते रहते हैं, 'बच्चा पढ़ता नहीं है, पढ़ता नहीं है।' फिर बच्चे को भी लगने लगता है, ये लोग हमेशा ही डाँटते-चिल्लाते रहते हैं, इनकी बातों को गंभीरता से लेने की आवश्यकता नहीं है।

इससे भी अधिक गंभीर नुकसान हो सकते हैं। छोटे बच्चों की आत्मछवि पक्की नहीं होती है। वह लचीली अवस्था में होती है। उन्हें मिलनेवाले अनुभव इसे आकार देने का कार्य करते हैं। अगर उनकी सदा आलोचना या निंदा की जाए तो वे विरोध प्रदर्शित न करते हुए, आपके शब्दों के अनुसार अपनी आत्मछवि बदल सकते हैं। बच्चे पढ़ाई करें इस उद्देश्य से अगर आप सदा दूसरे बच्चों से उनकी तुलना करते हैं या गुस्से में कहते हैं, 'तुम तो मट्ठ हो', 'घर में सबसे कम अंक यही लाता है', 'तुम कभी सफल नहीं होनेवाले', 'तुम्हारा कुछ नहीं हो सकता...' वगैरह। बच्चा इन शब्दों पर विश्वास करके अपनी आत्मछवि ऐसी ही बना सकता है, जिसमें वह स्वयं को असफल व कमज़ोर ही देखता है। ऐसे में सोचकर देखें कि खुद को दूसरों से कम आँकनेवाला बच्चा जीवन में कैसे सफल हो पाएगा? जो माता-पिता अपने बच्चों के विकास के प्रति सजग हैं, उन्होंने बच्चों के साथ कम्युनिकेशन करने के ज्ञान को पहली आवश्यकता समझकर प्राप्त कर लेना चाहिए।

ये सब पढ़कर सवाल आ सकता है कि क्या इंसान को उसकी कमियाँ न बताई जाएँ, सबकी गलतियों को अनदेखा करें? नहीं! बल्कि लोगों को क्रिटि-गाइड करके, उनका मार्गदर्शन किया जाना चाहिए। क्रिटि-गाइड कैसे करें? इसके तरीके क्या हैं? इसे हम अगले भाग में समझेंगे।

10
क्रिटि-गाइड कैसे करें

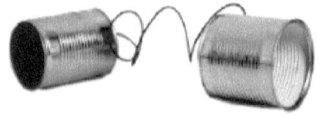

क्रिटि-गाइड क्या है, इसे समझें। प्रशिक्षित इंसान जब गलतियाँ या कमियाँ बताने का कार्य करता है तो उसे 'क्रिटि-गाइड' करना कहते हैं। इसका अर्थ हुआ सामनेवाले को उसकी गलती सकारात्मक तरीके से बताकर, समझाकर उसका सही मार्गदर्शन करना। जिससे उसकी भावनाएँ आहत न हों और उसका फोकस गलती सुधारने की तरफ जाए। क्रिटि-गाइड करने के छह तरीके हैं, इन्हें आप परिस्थिति अनुसार अपना सकते हैं, जिससे सामनेवाले को बुरा भी नहीं लगेगा और आप भी उसके सामने बुरे नहीं बनेंगे।

१.   बिना बोले बताना :

एक छठी क्लास का बच्चा अपना रिपोर्ट कार्ड लेकर माँ के पास आया। उस वक्त माँ अपनी एक सहेली से बातें कर रही थी। उसने रिपोर्ट कार्ड देखा, उसका ध्यान मैथ्स विषय पर गया, उसमें बच्चे को सबसे कम अंक मिले थे मगर माँ ने उससे ध्यान हटाकर कहा, 'हिस्ट्री में बहुत अच्छे मार्क्स लाए हो,

अच्छा है... मराठी में पिछली बार से काफी सुधार हुआ है, बहुत अच्छे ... जॉग्राफी में भी अच्छा किया है, गुड...।' इस तरह माँ ने सभी विषयों पर बात की लेकिन मैथ्स के बारे में कुछ नहीं कहा और उसने बच्चे को रिपोर्ट कार्ड वापस दे दिया।

क्या वह बच्चा यह बात समझ नहीं पाया होगा कि माँ ने बाकी सभी विषयों का ज़िक्र करके मेरी तारीफ की लेकिन मैथ्स के बारे में कुछ नहीं कहा? बच्चे बहुत समझदार होते हैं, अगर उन्हें सही तरीके से बताया जाए तो वे हर बात को समझकर उस पर कार्य कर सकते हैं। माँ ने मैथ्स का ज़िक्र न करके बच्चे को इशारा दे दिया, 'तुम्हें इस विषय पर मेहनत करनी है।' बच्चा भी समझ गया कि 'मुझे इस विषय पर अब ज़्यादा काम करने की आवश्यकता है।'

इस तरीके से आपका सामनेवाले इंसान के प्रति आदरभाव भी कम्युनिकेट होता है। माँ समझती है उसका बेटा इतना समझदार है कि उस पर चिल्लाने की आवश्यकता नहीं है। बिना बताए भी वह समझ सकता है और ज़िम्मेदारी लेकर सही कदम उठा सकता है। इस तरह बच्चे की आत्मछवि को ऊँचा उठाकर आप उसमें विश्वास भी दर्शाते हैं। यह बच्चे के विकास में आपका महत्वपूर्ण योगदान है।

बहुत से माता-पिता को लगता है कि बच्चों की गलतियों को सुधारने के लिए डाँट-फटकार लगाना आवश्यक है। ज़रूरत पड़ने पर मारना-पीटना भी आवश्यक है। लेकिन ऐसा करके बच्चा असंवेदनशील बनता है। इसके विपरीत अगर आप बच्चे के साथ सदा सकारात्मक और प्रेमयुक्त कम्युनिकेशन रखते हैं, उसके साथ खुलकर बात करते हैं तो उसकी किसी गलती पर आपका मौन रहना भी बच्चे के लिए बड़ा इशारा हो सकता है। यह क्रिटि-गाइड करने का एक तरीका है। शब्दों में उसे उसकी गलती बताने की ज़रूरत भी नहीं है और आलोचना की ज़रूरत तो बिलकुल नहीं है।

दूसरी एक घटना से इस बात को गहराई से समझते हैं। किसी दिन पत्नी से सब्जी में नमक ज़्यादा हो गया तो पति तुरंत उससे कहता है, 'नमक ज़्यादा हो गया है।' इसका अर्थ हुआ पति कह रहा है, 'तुमसे गलती हुई है।' जिससे पत्नी की आत्मछवि को ठेंस पहुँचती है। तो क्या यहाँ बिना बोले बताना संभव था? ज़रूर संभव था। पति के बोलने की ज़रूरत ही नहीं थी, वह भी खाना खानेवाली थी, उसे मालूम होनेवाला था कि सब्ज़ी में नमक ज़्यादा हो गया है। लेकिन पति कारण देता है कि 'मैं नहीं बताऊँगा तो उसे पता कैसे चलेगा?' इसलिए किसी को क्रिटिसाइज़ करने से पहले सोचें कि यहाँ बोलना ज़रूरी है या बिना बोले भी सामनेवाले को उसकी गलती का एहसास हो सकता है? यदि

जवाब 'हाँ' है तो मौन रहना, आलोचना करने की तुलना में कई गुना बेहतर विकल्प है।

२. **सैन्डविच टेकनीक के साथ बताना :**

एक साधारण चटनी सैन्डविच कैसे बनता है, अगर आपने देखा है तो आपको पता होगा। इसमें पहले एक ब्रेड लिया जाता है, उसके ऊपर तीखी चटनी लगाई जाती है। उस चटनी के ऊपर वापस एक ब्रेड रखा जाता है। इस प्रक्रिया में चटनी का तीखापन कम हो जाता है। कोई भी सैन्डविच बनाने का यही तरीका है, ऊपर और नीचे ब्रेड रखकर बीच में मसालेदार सामग्री डाली जाती है।

कम्युनिकेशन में भी यही तरीका इस्तेमाल होना चाहिए। तीखी चीज़ को बीच में रखना है। जब आप किसी को क्रिटि-गाइड कर रहे हैं तो पहले उसके बारे में एक सकारात्मक बात बताएँ, उसकी अच्छाई बताएँ, फिर उसकी गलती बताएँ और अंत में एक अच्छी बात बताकर वार्तालाप समाप्त करें। अगर आपने उसे सीधे-सीधे उसकी गलती बता दी तो हो सकता है कि सामनेवाला उसे हज़म न कर पाए।

उदाहरणत: अगर आप अपने बच्चे को बताना चाहते हैं कि 'तुम्हारे मार्क्स कम आते हैं क्योंकि तुम समय पर पढ़ाई नहीं करते हो' तो आप उसे सैन्डविच टेकनीक से बता सकते हैं। जब वह पढ़ाई कर रहा है तब उसके पास बैठकर पहले उसकी एक अच्छी बात बताएँ, 'बेटा तुम्हारी हैंडराइटिंग बहुत अच्छी है। सुबह से हम देख रहे हैं, तुम मन लगाकर पढ़ रहे हो। सिर्फ तुम्हारा होमवर्क समय पर पूर्ण नहीं हो पाता। अगर तुम समय पर अपना होमवर्क पूर्ण कर पाओ तो तुम बहुत अच्छे मार्क्स ला सकते हो। होशियार तो तुम हो ही। समय पर कार्य पूर्ण करके तुम जीवन में बहुत आगे बढ़ पाओगे।'

सैन्डविच टेकनीक का इस्तेमाल करके बात करने से आप दूसरों की आलोचना करने का इरादा नहीं रखते हैं, यह भी स्पष्ट हो जाता है।

यह तकनीक आप थोड़े अभ्यास के साथ हर जगह इस्तेमाल कर सकते हैं। जैसे कार्यक्षेत्र में आपके कर्मचारी से किसी कार्य में देर हो गई तो आप कह सकते हैं, 'फलाँ कार्य आपने बहुत बारीकी से किया था। सिर्फ थोड़ा देरी से मिला, जल्दी मिलता तो और भी अच्छा होता। इस कार्य में जो ग्राफिक्स इस्तेमाल किए गए थे, उसमें आपने किसी से मदद ली थी क्या? उसका प्रेजेंटेशन भी बहुत बढ़िया था।'

इस तरह इस तकनीक का इस्तेमाल करके आप सामनेवाले को दु:ख पहुँचाए

बगैर अपनी बात उस तक पहुँचा सकते हैं।

३. **निर्णय नहीं, मत (राय) बताना :**

यह तरीका सीखने में आपको महाभारत के एक पात्र-संजय मदद कर सकते हैं। जी हाँ! वही संजय जो युद्धभूमि को अपने ज्ञान चक्षुओं से देख, धृतराष्ट्र को बता रहे थे। संजय श्रीकृष्ण द्वारा बताई गई पूरी गीता सुनते हैं और अंतिम श्लोक में धृतराष्ट्र से कहते हैं, 'जिस तरफ श्रीकृष्ण और धनुर्धारी अर्जुन हों, वहीं पर श्री है, वहीं पर विजय है, वहीं पर विभूति है, वहीं पर अचल नीति है। यह मेरा **मत** है।'

संजय ने जो कहा वह उनके लिए सत्य था। उन्हें पूरा विश्वास था विजयी कौन होगा। लेकिन धृतराष्ट्र को यह बात बताते समय उन्होंने एक पंक्ति जोड़कर, अपनी बात पूर्ण की।

जब आप किसी को अपनी बात बताते हैं तो कई बार अनजाने में आप उसे ऐसे व्यक्त करते हैं, जैसे वह वैश्विक सत्य है। इससे सामनेवाला इंसान अगर अलग मत रखता है तो उसे आप पहले ही गलत कह देते हैं। लेकिन जब आप अपनी बात कहते वक्त इसे अपना 'मत या राय' कहकर प्रस्तुत करते हैं तो इसका अर्थ हुआ, दूसरों के अलग दृष्टिकोण (मत) को आप आदर सहित स्वीकृति देते हैं। दूसरे शब्दों में आप यह कहते हैं, 'यह मेरा व्यक्तिगत मत है, आपका अपना मत हो सकता है।'

अपना मत ज़ाहिर करके आप सामनेवाले को आज़ादी प्रदान करते हैं कि वह आपकी बात पर खुलकर सोच पाए। जब आप कहते हैं कि 'मेरी राय में ऐसा होना चाहिए... यह कार्य और बेहतर हो सकता था, यह मेरा मत है...' तब सामनेवाले तक आपकी बात भी पहुँच जाती है और उसे बुरा भी नहीं लगता।

४. **अप्रत्यक्ष रूप से बताना :**

कई लोग सीधी बात सुनकर बुरा मान जाते हैं। ऐसे लोगों को अगर अप्रत्यक्ष रूप से बताया गया तो यह बात उन्हें उतनी बुरी नहीं लगती। एक उदाहरण से इसे समझते हैं।

किसी राज्य में एक राजा रहता था, उसका बेटा जन्म से सिर्फ एक ही आँख से देख पाता था। उसकी दूसरी आँख अपनी रोशनी खो चुकी थी। राज्य के सभी लोग जानते थे, राजकुमार एक आँख से काना है। परंतु इस विषय पर कोई बात करे यह राजा को पसंद नहीं आता था। राजा ने एक दिन पड़ोसी राज्य में अपने पुत्र के विवाह का

प्रस्ताव भेजा, जिसे ठुकरा दिया गया। जिस मंत्री के साथ यह प्रस्ताव भेजा था, उसे कारण भी बताया गया। अब वह लौटते वक्त सोच रहा था कि राजा ने अगर इस इनकार का कारण पूछा तो उन्हें क्या जवाब दे। रास्ते में उसने काफी चिंतन किया।

राजा को भी ज्ञात था कि अगर इनकार आया है तो इसका कारण क्या होगा। फिर भी राजा ने मंत्री को बुलावा भेजा और उनसे जवाब माँगा तब मंत्री ने कहा, 'हे राजन, हमारे राजकुमार कितने न्यायप्रिय हैं यह हम सब जानते हैं। वे किसी को ऊँचा-नीचा या कम-ज़्यादा नहीं समझते, अपराधी कोई भी हो वह उनकी दृष्टि से बच नहीं सकता, जैसे स्वयं महादेव ने अपनी तीसरी आँख हमारे राजकुमार को भेंट की हो। परंतु पड़ोसी राज्य के राजा यह बात समझ न सके। इसलिए हमारा प्रस्ताव उन्होंने अस्वीकार किया।' यह जवाब सुनकर राजा उस वक्त चुप बैठ गया, लेकिन बाद में मंत्री के कम्युनिकेशन कौशल से प्रसन्न होकर उसने मंत्री को प्रधान मंत्री बना दिया।

अप्रत्यक्ष कम्युनिकेशन में आपको संतुलन बनाते हुए अपनी बात रखनी होती है। अपनी बात आप पूरी स्पष्टता से नहीं कह सकते लेकिन इतनी भी अप्रत्यक्ष नहीं रख सकते कि सामनेवाले को समझ में ही न आए।

मान लें, आप अपने किसी कर्मचारी से जल्दी आने के लिए कहना चाहते हैं क्योंकि वह हमेशा देर से आता है। तब उसे सीधे यह बताने के बजाय कि 'तुम हमेशा देर से आते हो', इनडायरेक्टली बताएँ कि 'कल बहुत ज़रूरी काम पूर्ण करना है इसलिए तुम्हें समय पर आना होगा।'

यहाँ महत्वपूर्ण नियम याद रहे, 'सामनेवाले को बुरा न लगे' यही अप्रत्यक्ष कम्युनिकेशन का उद्देश्य हो। 'सामनेवाला इस क्रिटिसीज़म का जवाब न दे पाए', अगर यह आपका उद्देश्य है तो इसे 'ताना देना' या 'कटाक्ष' कहते हैं। ऐसे कम्युनिकेशन से फायदा कम, नुकसान ज़्यादा होता है। इसलिए खयाल रखें कि आपका उद्देश्य साफ हो और सामनेवाला उसका गलत अर्थ नहीं निकाल रहा हो।

५. अकेले में बताना और वह अकेला नहीं है, यह बताना :

किसी को उसकी गलती का एहसास दिलाना है तो उसे अकेले में बताएँ। आम तौर पर देखा जाए तो ठीक उलटा होता है- लोग आलोचना, निंदा, किसी की बुराई सभी के सामने करते हैं और तारीफ अकेले में करते हैं। जबकि हमें तारीफ लोगों के सामने करनी चाहिए और क्रिटिसीज़म अकेले में ही करनी चाहिए। जब आप किसी को

अकेले में बताते हैं तो सामनेवाले को इतना बुरा नहीं लगता क्योंकि बाकी लोगों को इस बात का पता नहीं चलता। इंसान के लिए उसकी बाहरी छवि बहुत महत्वपूर्ण होती है। अगर उसकी बाहरी छवि खराब हो गई तो लोग उस छवि के अनुसार ही उसके साथ व्यवहार करेंगे, यह उसे पता होता है।

मानो, किसी कार्यालय में एक कर्मचारी से लापरवाही से एक गलती हो गई। लोगों के सामने उसकी छवि बहुत अच्छी है और वह उसे बरकरार रखना चाहता है। ऐसे इंसान को उसकी गलती अकेले में बताकर, आपने उसकी बाहरी छवि को बचाया। इसके बाद वह इंसान इस क्रिटि-गाइड करने के तरीके को मौका समझकर अपनी गलतियाँ सुधार सकता है।

जब डॉक्टर पेशंट को बताना चाहता है, उसे कोई गंभीर बीमारी हुई है तो वह उसे अपने केबिन में बुलाकर बताता है, न कि लोगों के सामने कहता है। कुछ लोग चाहते हैं उनकी छवि लोगों के सामने कमज़ोर न जाए। ऐसी बातें उन्हें अकेले में बताना ही उनके लिए आपकी तरफ से मदद होती है।

इस तरह कुछ परिस्थितियों में आलोचना सिर्फ अकेले में करना ही, 'आलोचना' करने का उचित तरीका हो सकता है।

लोगों को उनकी गलतियाँ या कमियाँ बताते वक्त संभव हो तो उन्हें यह भी ज़रूर बताएँ कि ऐसी गलती करनेवाले या यह कमी रखनेवाले वे अकेले इंसान नहीं हैं। आप स्वयं का भी उदाहरण देकर उन्हें राहत महसूस करवा सकते हैं। उदा. जब आप किसी को बताना चाहते हैं कि 'तुम काम में बहुत स्लो हो, तुम्हें कंप्यूटर पर एक पेज टाइप करने में एक घंटा लग जाता है, तुम्हें अपनी स्पीड बढ़ाने के लिए कार्य करना होगा' तो आप कह सकते हैं, 'जब मैंने शुरुआत की थी तब मुझे भी टाइपिंग करने में बहुत समय लगता था, फिर मैंने थोड़ा अधिक समय देकर दो महीने अभ्यास किया। उसके बाद मेरी स्पीड बढ़ गई।' जब आप सामनेवाले को ऐसा बताते हैं तो उसे लगता है कि 'यह ठीक है, नॉर्मल है' और फिर इसे सुधारने का तरीका भी है।

६. **लोगों को उनकी भाषा में समझाना :**

'सामनेवाला कौन से शब्द सुनना पसंद करेगा?' जब यह सोचकर उसे बताया जाता है तब वह आपकी बात जल्दी समझ पाता है।

एक इंसान बड़े से गड्ढे में जा गिरा और लोगों को मदद के लिए पुकारने लगा।

लोग दौड़ते हुए आए और उसे कहने लगे, 'अपना हाथ दो, हम तुम्हें बाहर खींच लेंगे। परंतु उसने किसी की मदद नहीं ली और वह मदद के लिए चिल्लाता रहा। उतने में एक राहगीर ने भीड़ देखी तो वह आगे आया और उसने गड्ढे में झाँककर देखा। उसने तुरंत मदद के लिए अपना हाथ आगे किया और कहा, 'मेरा हाथ लो। इसे पकड़कर बाहर आ जाओ।' यह सुनते ही उस इंसान ने तुरंत वह हाथ पकड़ लिया और बाहर आ गया। यह देख सभी हैरान रह गए कि आखिर उस इंसान ने इस राहगीर की बात कैसे मानी? जब उन्होंने राहगीर से प्रश्न किया तो उसने बताया, 'यह इंसान जो गड्ढे में गिरा हुआ था, मेरा पड़ोसी था। यह बहुत ही कंजूस इंसान है। आप सभी उसे हाथ देने के लिए कह रहे थे इसलिए वह आपकी बात नहीं मान रहा था। मैंने उसे हाथ लेने के लिए कहा तो वह तुरंत राज़ी हो गया।'

हमें भी सामनेवाले को समझते हुए उससे बातचीत करनी चाहिए। अर्थात यह सोचना- 'अगर मैं सामनेवाले की जगह होता तो मैं कौन सा शब्द सुनना पसंद करता? मुझे कैसे बताया जाए, जिससे मैं अपने अंदर सुधार ला सकूँ।' इस तरह खुद को दूसरे की जगह पर रखकर देखें, जिससे आप लोगों को उनकी गलतियों का एहसास भी करवा पाएँगे, उन्हें बुरा भी नहीं लगेगा और आप भी उनके सामने बुरे नहीं बनेंगे।

खण्ड ३
परिवार में कम्युनिकेशन कैसे हो

अंतर संवाद की किरणें भेजना सीखें

अकसर परिवार में लोगों को एक-दूसरे की चिंता करते देखा जाता है। जबकि सभी यह बात समझते हैं कि चिंता करने से कुछ हासिल नहीं होगा। तो जब परिवारवालों की चिंता सताए तब क्या करें?

ऐसे समय पर चाहिए कि किसी सदस्य की चिंता करने के बजाय, उन्हें किरणें भेजें। किरणें भेजना- यह उस समय का उच्चतम उपयोग है, जिस समय को आप चिंता करने में व्यर्थ गँवाते हैं। अब समझें कि किरणें भेजना यानी क्या और इससे आपके परिवारवालों का क्या फायदा होगा।

जिस घर के सदस्य की चिंता आपको सता रही है, उसके लिए आंतरिक मौन में जाकर इस तरह किरणें भेजें कि 'ईश्वर तुम्हें सद्बुद्धि दे और मुझे भी दे... तुम फरिश्ते हो... तुम उच्चतम सफलता को प्राप्त कर रहे हो... अब तक जो हुआ सो हुआ, अब हमें मिलकर प्रेम, आनंद और मौन के साथ रहना है...।' अगर आप ऐसी किरणें भेजना शुरू कर दें तो सब बदल जाएगा।

अब आप समझ चुके होंगे कि किरण यानी जो भाव, विचार आप सामनेवाले को देते हैं। आप सामनेवाले के लिए जो विचार रखते हैं, जो विचार भेजते हैं, जो मंगल कामना देते हैं वे किरण का काम करते हैं, भले ही उसने आपके साथ कुछ बुरा किया हो। फिर चाहे वह आपके परिवार का सदस्य हो, रिश्तेदार हो, दोस्त हो, सहेली हो, आपके माता-पिता हों या जिसे आप पसंद न करते हों।

11

परिवार में प्लॅटफॉर्म कैसे बनाएँ

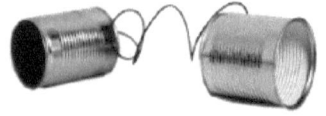

एक परिवार है, उसमें सभी सदस्य एक-दूसरे के शुभचिंतक हैं। परिवार ऐसा ही तो होता है। सभी चाहते हैं एक-दूसरे का विकास हो। कोई नहीं चाहता कि वर्तमान या भविष्य में किसी भी सदस्य को दुःख या परेशानी का सामना करना पड़े। अकसर सदस्य एक-दूसरे की समस्याएँ खुद पर लेने के लिए भी तैयार होते हैं। इसके बावजूद अधिकतर परिवार में झगड़े होते हैं। यह कितना बड़ा आश्चर्य है!

अगर हम इस विषय पर गहराई से मनन करें तो इसके सही कारण और उसके हल हमारे सामने आ सकते हैं। जिसमें सबसे महत्वपूर्ण कारण है कम्युनिकेशन की कमी। इसलिए हल है- बेहतर कम्युनिकेशन। बोलने का अच्छा कौशल और सुनने की पूरी क्षमता अगर परिवार में सभी लोग रखते हैं तो आपका परिवार प्रेम और आनंद की ऊँचाइयाँ प्राप्त कर सकता है। मगर इसके पहले हम यह समझने की कोशिश करते हैं कि अगर परिवार के सदस्य एक-दूसरे से प्रेम करते हैं, एक-दूसरे को दुःख नहीं

पहुँचाना चाहते और फिर भी झगड़े हो रहे हैं तो इसका अर्थ है कि वे एक-दूसरे को सुन ही नहीं रहे हैं। इसे एक उदाहरण से समझें-

मान लें आपका भाई बेडरूम में पढ़ाई कर रहा है और आप हॉल में सोफे पर बैठकर टी.वी. देख रहे हैं। फिर वह आपको आवाज़ देकर पानी का एक गिलास लाने के लिए कहता है लेकिन आप तक उसकी आवाज़ पहुँच नहीं पाती। वह दूसरी बार फिर से आवाज़ देता है, इस बार आप सुनते हैं परंतु अपना सीरियल पूर्ण किए बगैर उठना नहीं चाहते। तीसरी बार कुछ समय रुककर वह गुस्से से चिल्लाकर आवाज़ देता है। अब आपका प्रतिसाद क्या होगा? आप गुस्से से अपनी जगह से उठेंगे, दौड़कर बेडरूम में जाएँगे और शब्द तो आपको पता ही है... क्या होंगे!

लेकिन अब इस घटना में थोड़ा बदलाव लाते हैं। आपका भाई बेडरूम में नहीं, हॉस्पिटल की बेड पर है और तकलीफ में है। इस परिस्थिति में उसकी तीसरी पुकार के बाद आपका जवाब क्या होगा? आप दौड़कर उसके पास जाएँगे और देरी के लिए क्षमा माँगेंगे। इतना बड़ा फर्क कैसे आ गया? क्योंकि अब आपको उस सदस्य की अवस्था दिखाई दे रही थी और आप उसके लिए फिक्रमंद थे।

बाहरी अवस्था दिखाई देती है इसलिए लोगों का प्रतिसाद बदल जाता है। परंतु भावनात्मक अवस्था नज़र नहीं आती इसलिए लोग गलत प्रतिसाद दे बैठते हैं।

क्या आपको पता है आपके परिवार के सदस्य भावनात्मक स्तर पर कई बार ऐसी ही पीड़ा में होते हैं? परंतु आप यह देख नहीं पाते इसलिए आपका व्यवहार उनके साथ क्रोधभरा होता है।

ज़्यादातर पारिवारिक कम्युनिकेशन में यही समस्या आती है। सभी के सामने अलग-अलग दृश्य होता है। जब भी परिवार में किसी विषय पर बहस होती है तब सदस्य यह समझ ही नहीं पाते कि वे सभी एक ही दृश्य अलग-अलग दृष्टिकोण से देख रहे हैं। ऐसे में सभी का दृष्टिकोण एक ही हो इसलिए उन्हें संवादमंच बनाने की आवश्यकता है। इसे एक उदाहरण से समझते हैं।

बचपन में एक लड़के को उसके शिक्षक सभी बच्चों के सामने मूर्ख कहते हैं और सभी बच्चे उस पर हँसते हैं। वह लड़का बहुत अपमानित महसूस करता है। 'मूर्ख' शब्द को वह घोर अपमान से जोड़ लेता है। अब उसके लिए यह शब्द बहुत बड़ी गाली है। फिर वह बड़ा होता है, उसकी शादी होती है। लेकिन उसकी पत्नी के लिए यह शब्द

ज़्यादा महत्त्व नहीं रखता। इसलिए कभी-कभार मस्ती मज़ाक में वह उसे मूर्ख कह देती है। अब वह लड़का वही बचपन की भावना महसूस करता है और पत्नी को कुछ ऐसे शब्द कहता है, जो उसके लिए बहुत पीड़ादायक होते हैं। इस तरह उनका झगड़ा बढ़ते जाता है।

अगर उस लड़के को संवादमंच बनाने का ज्ञान है तो वह पत्नी से कहेगा, 'देखो, मुझे इस शब्द से बहुत अपमानित महसूस होता है। तुम्हें कभी गुस्सा आए तो तुम फलाँ-फलाँ शब्द का इस्तेमाल कर सकती हो लेकिन कृपया इस शब्द का इस्तेमाल मत करना।' पत्नी इस बात को समझती है और स्वीकार करती है। क्योंकि अब यहाँ पर दोनों एक ही मंच पर आ गए हैं। इसलिए समस्या सुलझ जाती है। ऐसी कई समस्याएँ हैं, जो परिवार में बार-बार आती हैं। उन सभी के लिए अगर परिवार के लोग मिलकर **संवादमंच** बनाएँ तो कितनी समस्याएँ हमेशा के लिए समाप्त हो सकती हैं।

रिश्तों में एक-दूसरे से बातचीत करके पहले से ही यह तय कर लेना चाहिए कि वे एक-दूसरे के साथ कैसा व्यवहार करना पसंद करेंगे... क्या कहने से उन्हें गुस्सा आता है... क्या कहने से वे शांति और प्रेम महसूस करते हैं... लोगों के सामने उन्हें कैसे बातचीत करना पसंद है, जब उन्हें क्रोध आता है तब उनसे क्या कहा जाए और क्या नहीं कहा जाए आदि। जब लोग आपस में बात करके यह पहले ही तय कर लेते हैं तब वे कठिन से कठिन परिस्थिति में भी एक-दूसरे की भावनाओं को समझते हुए बातचीत कर पाते हैं।

परंतु आपको यह कम्युनिकेशन प्लेटफॉर्म आपसी मतभेद, झगड़े होने के बाद नहीं बल्कि बहुत पहले से ही बना लेना चाहिए ताकि आप घटनाओं को समय रहते सँभाल पाएँ। खासकर उन घटनाओं के लिए पहले से ही संवाद मंच बनाएँ, जो बार-बार होती रहती हैं।

जैसे कुछ समस्याएँ पैसों को लेकर, बच्चों या परिवार के किसी सदस्य के स्वभाव को लेकर, टी.वी. और मोबाईल को लेकर हो सकती हैं। इन पर पहले ही बातचीत करके उन्हें सुलझाया जा सकता है।

कम्युनिकेशन प्लेटफॉर्म बनाना इसलिए भी आवश्यक है क्योंकि हरेक अपनी पुरानी धारणा के अनुसार बातचीत करता है। जैसे- 'सामनेवाला जिद्दी है इसलिए इससे ऐसे ही बात करनी चाहिए वरना वह कभी नहीं सुधरेगा।' मगर हो सकता है कि आपके बात करने के तरीके की वजह से ही वह नहीं बदल रहा हो। उसे आपसे दूसरे

शब्दों में या किसी और तरीके से वह बात सुननी हो। आपको यह तब ही पता चलेगा, जब आप उसके साथ संवादमंच बनाएँगे।

जैसे- पिताजी बच्चों को बताएँ, 'देखो! जब मैं इस-इस तरह कहता हूँ तो मैं वाकई गंभीर होता हूँ और उस वक्त मैं तुमसे इस-इस तरह का प्रतिसाद चाहता हूँ।' वरना कई बार बच्चों को समझ में नहीं आता कि असल में पिताजी उनसे क्या चाहते हैं? ठीक वैसे ही पिता बच्चों से भी पूछें कि वे क्या चाहते हैं? वे पिताजी का कौन सा रूप पसंद करते हैं?

जब घर के सभी सदस्य आपस में कम्युनिकेशन का तरीका तय कर लेंगे तब संभावना है कि परिस्थिति आने पर वे एक ही प्लेटफॉर्म (समझ) से बातचीत कर, सही प्रतिसाद दे पाएँगे।

संवादमंच कैसे बनाए जाएँ, आइए, इसे समझें।

१. **संकेत शब्दों (कोड लैंग्वेज) का प्रयोग करें :**

कभी परिस्थितिवश ऐसा होता है कि आप कुछ लोगों से घिरे हुए हैं और अपने मित्र, भाई या पत्नी को कुछ बताना चाहते हैं। मगर आस-पास के लोगों को पता न चले यह भी चाहते हैं। ऐसे में आप कोडवर्ड का प्रयोग कर सकते हैं, जिससे आसानी से आप लोगों के होते हुए भी अपनी बात कह पाएँ।

हाल ही में फरहान अख्तर (फिल्म स्टार) ने अपनी एक मुलाकात में बचपन की एक घटना बताते हुए कहा कि उनके परिवार में कोडवर्ड का प्रयोग किया जाता था। जब उनके घर मेहमान आते थे तब उनकी आवभगत के लिए अलग-अलग व्यंजन लाए जाते थे। ऐसे में घर के सभी बच्चों को उन व्यंजनों के स्वाद लेने का इंतज़ार रहता कि कब संकेत मिले ताकि वे भी स्वादिष्ट व्यंजन खा पाएँ और मेहमानों के लिए भी कम न पड़े। इस स्थिति से बचने के लिए उनकी माँ उन्हें कोडवर्ड द्वारा संकेत देती थी। जब वह कहती, 'एफ.एच.बी. (FHB)' तो इसका अर्थ है, फॅमिली होल्ड बैक यानी खाना कम है, आपको पीछे हटना है और जब वह कहती 'एफ.टी.पी. (FTP) फॅमिली टूट पड़ो' यानी कोई कमी नहीं है। इस तरह कोडवर्ड का प्रयोग कर, परिवार को संकेत मिलता था और मेहमानों को पता भी नहीं चलता था।

आप भी ऐसे कई शब्द अपने परिवार, मित्र तथा सहयोगियों के साथ मिलकर बना सकते हैं। इसके लिए आप चाहें तो कोई गीत भी गुनगुना सकते हैं।

२. **मुद्रा या इशारा बनाएँ :**

शब्दों के बजाय इशारे या मुद्राओं के सहारे भी अपनी बात बताई जा सकती है। उदा. ध्यान में बैठते समय जब आप अपने अंगूठे और तर्जनी (छोटी उँगली) को मिलाते हैं तब आपके मन को शांत होकर ध्यान में जाने का संकेत मिलता है। इसी तरह आप कई तरह की मुद्राएँ बना सकते हैं, जिससे आप सामनेवाले को संकेत के रूप में बता सकते हैं। उदा. कान को हाथ लगाना मतलब आप सामनेवाले को शांत होने का संकेत दे रहे हैं। अपनी आँख मसलना यानी चुप रहने का इशारा हो सकता है। इस तरह आप आपस में मिलकर कुछ इशारे तय कर सकते हैं।

३. **फ्रिज मैग्नेट के ज़रिए प्लेटफॉर्म बनाएँ :**

वास्तव में परिवार के सदस्य आपसे सहयोग, प्रेम, अपनापन, ध्यान चाहते हैं। दिनभर में उनके साथ जो भी घटनाएँ हुई हैं, वे आपसे शेअर करना चाहते हैं, कभी आपसे किसी कार्य हेतु सलाह लेना चाहते हैं। मगर कई बार आपका या सामनेवाले का मूड खराब होने की वजह से बात बनने के बजाय बिगड़ जाती है। ऐसे में परिवारवालों को एक-दूसरे के मूड की जानकारी होना आवश्यक है ताकि सबका ध्यान रखकर वार्तालाप किया जाए। यह प्लेटफॉर्म बनने के लिए आप घर में फ्रिज मैग्नेट लगा सकते हैं। जो आपको एक-दूसरे के मूड से परिचित करवाएगा।

आप अपने मूड को रंगों के साथ भी बता सकते हैं। आप पहले ही तय कर लें कि कौन सा रंग किस भावना का प्रतीक है। जैसे यदि आपने लाल मैग्नेट फ्रिज पर लगाया है तो इसका अर्थ आप गुस्से में हैं, परेशान हैं, मूड ठीक नहीं है। हरा मैग्नेट बताएगा कि आप खुश हैं, अच्छे मूड में हैं, पीला रंग संकेत है सब ठीक है, नॉर्मल है। काला मैग्नेट बता रहा है कि आप दुविधा स्थिति में हैं।

इस तरह परिवार के सभी सदस्य मैग्नेट के सहारे अपनी भावनाओं को व्यक्त कर सकते हैं। इससे आपसी मतभेद टलकर आपस में आदर, प्रेम भावना बढ़ सकती है। खासकर यह तब ज़्यादा उपयोग में आएगा, जब शाम के समय पर ज़्यादातर लोग घर पर ही होते हैं।

जैसे कोई परिवार का सदस्य अपने घर में आएगा तो सबसे पहले वह फ्रिज मैग्नेट देखेगा। फ्रिज पर परिवार के सदस्यों के नामों के सामने एक मैग्नेट लगाया हुआ होगा। वह लाल, हरा, पीला या काला भी हो सकता है।

फ्रिज मैग्नेट को देखकर उसे पता चलेगा कि किस सदस्य से किस प्रकार बातचीत करनी है।

यहाँ पर आपको फ्रिज मैग्नेट का उदाहरण दिया जा रहा है। आप कोई और तरीके भी अपना सकते हैं। जैसे अलग-अलग तरह के चिन्ह, चित्र, शब्द, सुविचार या कहावतें भी लिख सकते हैं। यह मात्र इसलिए कि आप सब एक प्लेटफॉर्म बनाकर एक-दूसरे से कम्युनिकेशन कर पाएँ।

४. परिवार में मीटिंग कल्चर अपनाएँ :

मीटिंग कल्चर घर के सभी सदस्यों को एक साथ एक प्लेटफॉर्म पर लाने का अच्छा ज़रिया है। जिस प्रकार लोग अपनी कंपनी में मीटिंग्ज द्वारा समस्याओं को सुलझाते हैं, उसी प्रकार घर तथा घर के सदस्यों की छोटी-मोटी समस्याओं को सुलझाया जा सकता है। आपस में बातचीत करके सारे गिले-शिकवे दूर किए जा सकते हैं, जिसे हेल्दी डिस्कशन कहा जाता है। वरना ज़्यादातर लोग परिवारों में मीटिंग नहीं करना चाहते क्योंकि वहाँ बातें कम और झगड़े ज़्यादा होते हैं। किंतु अगर मीटिंग में आपको कौन सी बातचीत कब और कैसे करनी है, यह पता है तो आसानी से सबके बीच संवादमंच बनाया जा सकता है।

आपको यह देखकर आश्चर्य होगा कि परिवार की मीटिंग में सभी अपनी-अपनी बातें रख पाते हैं लेकिन उसके लिए सबको बोलने की आज़ादी मिलनी चाहिए। घर के सदस्य किसी के बारे में कुछ भी कहें, उन्हें अपनी पूरी बात बताने का अवसर मिलना चाहिए। मीटिंग में सबकी बातें सुनने के लिए संयम और धैर्य भी चाहिए। यदि सही ढंग से प्रयास किया जाए तो परिवार के हर सदस्य के साथ ऐसा संवादमंच बनाया जा सकता है, जिसमें हरेक कपटमुक्त होकर पूर्ण सच बता पाए। वरना झगड़े के डर से लोग आधा सच ही बता पाते हैं। परिवार में संवादमंच बनाने से परिवार के सभी सदस्य कपटमुक्त हो पाएँगे।

यहाँ इस बात का खयाल रखना आवश्यक है कि मीटिंग एक-दूसरे को सुधारने के लिए नहीं बल्कि आपसी संबंध दृढ़ बनाने के लिए करनी है। वरना हरेक की चाहत दूसरों को सुधारने की होती है, खुद सुधरने की नहीं। इसलिए ज़रूरी है कि सुधारने के सुख को बाजू में रखकर, सामनेवाले को सुना जाए, उसे समझा जाए। अर्थात यहाँ सुनकर समझने को प्राथमिकता दी जाए।

इस तरह आप अलग-अलग तरीकों से कम्युनिकेशन प्लेटफॉर्म बना सकते हैं। जिससे परिवार के लोग एक-दूसरे के मन की अवस्था जानकर खुलकर बातचीत कर पाएँगे और खुशहाल जीवन जी पाएँगे।

५. बच्चों से वार्तालाप करने और सुनने का सही तरीका:

अकसर आपने माता-पिता को कहते सुना होगा, 'यह करो... यह मत करो... ऐसा करना सही नहीं है... ऐसा करना अच्छा है...।' इस तरह की कम्युनिकेशन से बच्चे या युवा कितना समझ पाते हैं? क्या वे वाकई यह समझ पाते हैं कि माता-पिता हमसे ऐसा क्यों करवाना चाहते हैं? क्या उन्हें अपने 'क्यों' का जवाब मिलता है? नहीं।

यहाँ समझने योग्य बात यह है कि जब भी आप बच्चों से कहते हैं कि 'ऐसा मत कर' तो उसके साथ अपनी भावना भी जोड़ें ताकि आपकी कम्युनिकेशन पूर्ण हो। उदाहरण के तौर पर यदि करीबन ५-६ साल का बच्चा करतब करने की कोशिश कर रहा है और आपको लग रहा है कि 'कहीं वह गिर न जाए' तो उसे तुरंत बताएँ कि 'तुम इस ऊँचाई से मत कूदो क्योंकि मुझे डर लग रहा है कि तुम गिर जाओगे और तुम्हें चोट पहुँचेगी। अगर तुम्हें चोट लगी तो मुझे दुःख होगा।' इस तरह पूर्ण कम्युनिकेट करने से बच्चा आपकी भावना को समझ पाएगा। आइए, इस बात को एक वास्तविक उदाहरण के साथ समझते हैं।

एक माँ ने देखा कि उसके बच्चे, जो कि युवा अवस्था में थे, पूरा दिन मोबाईल और टैब लेकर बैठते थे। उसने कई बार उन्हें समझाने की कोशिश कि यह उनकी सेहत के लिए अच्छा नहीं है परंतु उसकी बात का कोई असर नहीं हुआ।

एक दिन उसने अपने बच्चों को बिठाकर बातचीत की, 'तुम लगभग अपना पूरा दिन मोबाईल और टैब की स्क्रीन के सामने बिताते हो, इससे आगे चलकर तुम्हारी सेहत पर बुरा असर होगा। इससे तुम्हें तो तकलीफ होगी ही, परंतु तुम्हारी तकलीफ देखकर मुझे सबसे ज्यादा तकलीफ होगी और यह मैं नहीं चाहती। इसलिए तुम मोबाईल के उपयोग और दुरुपयोगों के बारे में समझ लो, फिर ही इनका इस्तेमाल करो।'

इस बातचीत के बाद उसने देखा कि बच्चों ने मोबाईल और टैब का उपयोग कम कर दिया है। इस तरह यदि माता-पिता बच्चों को कंट्रोल करने की जगह, सही कम्युनिकेशन के साथ सही समझ प्रदान करें तो उनका भविष्य संवर सकता है।

बच्चों को सुनने के लिए उनके द्वारा किडनैप हो जाएँ। किड यानी बच्चा, नैप यानी सोया हुआ। किडनैप का मतलब है- सोया हुआ बच्चा। बच्चा जब सोता है तो माता-

पिता बिलकुल आवाज़ नहीं करते, शोर नहीं करते। उसी तरह जब बच्चे बोलें तो आप सुनें और उन्हें बोलने का मौका दें। बच्चे के मन में जो कुछ है, उसे वह सब बोलने की आज़ादी दें। चाहे वह आपके बारे में बोले या किसी और के बारे में लेकिन उसे अपनी पूरी बात बताने का अवसर दें। वास्तव में इसी को तो 'पूर्णता करना' कहते हैं।

सांकेतिक भाषा के उदाहरण :

- मून (चाँद) - बजट में नहीं है / ज़्यादा महँगा है
- सी.ओ. - और दुकानों पर देखते हैं
- ए.एन. - अभी नहीं
- मैजिक - अभी कोई भी ज़िद नहीं मानी जाएगी, बाद में बड़ा गिफ्ट देंगे
- ईस्ट-वेस्ट - बिना कुछ पूछे-सोचे हेल्प करो/कार्य करो
- १+१=११ - सफाई में जुट जाओ
- लाईफलाईन - मुझे अकेला छोड़ दो/निर्णय मुझ पर छोड़ दो
- टी-के - टेक चार्ज - मामला तुम सँभालो
- लव यू ज़िंदगी (गाना)- सबके सामने गुस्सा मत करो
- कोल्ड ड्रिंक - नाराज़गी पी जाओ
- दो साथ - दूसरे ग्राहक को देखो, पहले को छोड़ो
- एम-जी-एम (मेहमान हैं तो) - खाना इतना ही है, मैनेज कर लो

एम्बैरसिंग घटना में सांकेतिक भाषा के उदाहरण :

- स्टेटस अपडेट करो - आपके कपड़े पर दाग लगा है या वह थोड़ी से फटी हुई है
- मोबाईल लॉक है क्या - कपड़े का बटन या चैन खुली हुई है
- पेट्रोल महँगा हो गया है- अधिक खा लिया है अब बस करो

- ♦ म्युज़िक लागाओ - खाते वक्त आवाज़ मत करो
- ♦ रिंग टोन बदलो - मेरे पास्ट की घटनाएँ मत बताओ

मुद्राएँ :

- ♦ सिक्के से टॉस करने की मुद्रा - परेशान न हो, सकारात्मक विचार रखो
- ♦ कान को हाथ लगाना - शांत रहो
- ♦ आँख मसलना - चुप रहो
- ♦ पाँव को टैप - ज़्यादा मत बोलो
- ♦ मुट्ठी बंद करना - इमोशन को कंट्रोल करो

परिवार में वार्तालाप का एक मंच हो ताकि रिश्तों में तिल का ताड़ न बने बल्कि तिल की मिठास मिले। इस तरह रिश्तों से खटास निकल जाएगी और आप खुशी से मिठास बाँटकर दोहराओगे -
'तिळ गुड घ्या, गोड गोड बोला...।'

-सरश्री

12
रिश्ते दीवार नहीं, दर्पण कैसे बनें

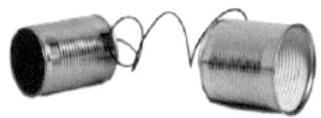

जब भी इंसान का लोगों से संवाद कम या बंद हो जाता है तब रिश्तों में ग्लास यानी काँच की दीवार बननी शुरू हो जाती है। जिससे रिश्तों में कड़वाहट आने लगती है। बहुत लोगों ने देखा होगा कि जब वे काफी समय के बाद किसी से बात करने जाते हैं तो उन्हें फिर से बात शुरू करने में हिचकिचाहट महसूस होती है। कभी-कभार तो इस हिचकिचाहट की वजह से लोग बात ही नहीं करते और परिणामस्वरूप वह रिश्ता और भी बिगड़ जाता है। किसी भी रिश्ते में इतनी दूरी तैयार होने से पहले ही उस दीवार को तोड़ना आवश्यक है। यह शीशे की दीवार है इसलिए दिखाई नहीं देती लेकिन जब यह टूटती है तब इसकी उपस्थिति का एहसास होता है। एक उदाहरण से इस विषय को समझते हैं।

कई सालों पहले व्यक्तिमत्व विकास के एक कोर्स में जब 'ग्लास ब्रेकिंग' इस विषय पर लेक्चर हुआ तब एक विद्यार्थी ने घर जाकर इस तकनीक का प्रयोग करने का निश्चय

किया। शाम को सभी का खाना होने के बाद वह पिताजी के कमरे में गया। पिताजी सोने की तैयारी कर रहे थे। उसने पिताजी से कहा, 'मुझे आपसे कुछ बात करनी है।' पिताजी बेड पर बैठ गए और उन्होंने उसे अपनी बात कहने के लिए कहा। बेटे ने बोलना शुरू किया, 'पिताजी मुझे आपसे यह कहना है कि मैं आपसे बेहद प्यार करता हूँ और मैं आपका बहुत आदर भी करता हूँ। आपने बचपन से हम सबकी ज़रूरतों को और इच्छाओं को पूर्ण करने के लिए जो किया है और आज भी जो कर रहे हैं, उसकी हम कभी भरपाई नहीं कर पाएँगे। हमें पता है यह आपने हमारे प्रति प्रेम की वजह से किया है और आप नहीं चाहेंगे कि हम कभी इसकी भरपाई करने का प्रयास करें। लेकिन इन सब बातों के लिए मैं आपको थैंक्यू कहना चाहता हूँ। आप जानते हैं हम सब भी आपसे बहुत प्रेम करते हैं लेकिन मैं आज आपको यह शब्दों में बताना चाहता था कि हम सब आपसे बेहद प्यार करते हैं और आपका बहुत आदर भी करते हैं।'

इतना कहकर बेटे ने अपनी बात समाप्त की। पिताजी ने थोड़ा गला साफ करते हुए, काँपते हुए स्वर में कहा, 'ठीक है... अच्छा है... जाओ अब सो जाओ।' और बेटा अपने कमरे में चला गया। बेटे ने वह शीशे की दीवार तोड़ दी थी। इस घटना के बाद दोनों के रिश्तों में प्रेम कई गुना खुल गया। आप कल्पना कर सकते हैं कि इस घटना के बाद दोनों ने कैसी पूर्णता और प्रेमयुक्त आनंद महसूस किया होगा। यह प्रेम उनमें सदा से था परंतु कभी शब्दों में व्यक्त नहीं हुआ था। परिवार में प्रेम का यह स्तर हमेशा महसूस किया जा सकता है। इसके लिए आपको इस शीशे की दीवार के प्रति सजग रहना होगा। कम्युनिकेशन करके यह दीवार बनने ही नहीं देनी है।

एक आम इंसान सुबह से लेकर रात तक न जाने कितनी बार अपना गुस्सा, नाराज़गी, चिड़चिड़ाहट अपनों पर ज़ाहिर करता है मगर अपना प्रेम या धन्यवाद के भाव कितनी बार प्रकट करता है? गुस्से और चिड़चिड़ाहट की तुलना में बहुत कम बार वह प्रेम दर्शाता है, जिस वजह से रिश्तों का तराज़ू बिगड़ जाता है। दूसरों से अपेक्षाओं के पूरे न होने पर नाराज़गी का पलड़ा सदा भारी रहता है। हालाँकि इंसान के क्रोध और नाराज़गी के पीछे भी उसका प्रेम ही छिपा होता है मगर वह उसे कभी व्यक्त नहीं करता। उसे लगता है कि 'प्रेम के इज़हार की क्या ज़रूरत है, मैं रात-दिन इतनी मेहनत अपने परिवार के लिए ही करता हूँ। असल में उन्हें मेरा एहसान मानना चाहिए।' ज़्यादातर रिश्तों में यही देखा जाता है। उनके लिए प्रेम तो बस केवल वर्षगाँठ या किसी त्यौहार पर ही तोहफे देकर व्यक्त किया जाता है। मगर रिश्तों को मधुर बनाने के लिए समय-समय पर प्रेम और कृतज्ञता व्यक्त करना बहुत ज़रूरी है। रोज़ नहीं तो कम से कम सप्ताह में

एक बार अपने प्रेम को शब्दों से बयान करें। इसका अर्थ आपको हर दिन प्रेमभरे वाक्य कहने की ज़रूरत नहीं है। कभी-कभार या जहाँ आवश्यक हो, वहाँ एक पंक्ति या एक शब्द भी पर्याप्त हो सकता है। इससे रिश्तों में शीशे की दीवार नहीं बनेगी बल्कि आपको अपने अंदर छिपे प्रेम का दर्शन होगा। इस तरह रिश्ते आपके लिए आइना बनेंगे।

आइए, अब हम ग्लास *(GLASS)* शब्द के अक्षरों से ही रिश्तों में ग्लास ब्रेकिंग कैसे कर सकते हैं, यह समझते हैं।

१. जी. *(G)* पर आता है ग्रॅटिट्यूड यानी आभार प्रकट करना, धन्यवाद देना। जब आप अपनों से कृतज्ञता व्यक्त करते हैं, 'आप हमारे लिए इतना कुछ करते हैं इसलिए हम आपके आभारी हैं।' इसका अर्थ आप उन्हें अच्छा महसूस करवाते हैं, वे अपनी नज़रों में महत्वपूर्ण बन जाते हैं, इससे उनके और आपके बीच बनी दीवार टूटने लगती है। याद रखें, लोग आपसे यह सुनना चाहते हैं।

जैसे एक ६० साल के इंसान से बहुत सालों बाद उसका दोस्त मिलने आया। दोनों मित्र बीती बातों, सुनहरी यादों को ताज़ा करने लगे। दोनों ने अपने-अपने परिवारवालों के लिए क्या-क्या किया, यह एक-दूसरे को बताना शुरू किया। यह सुनकर एक मित्र ने दूसरे से कहा, 'अरे! इतना सब कुछ तुमने अपने परिवार के लिए किया, कितना त्याग, कितना प्रेम दिया सभी को लेकिन कभी अपने बारे में नहीं सोचा? हमेशा बच्चे, बीवी, बहुओं के लिए ही करते रहे।'

जब दूसरे मित्र के कहने की बारी आई तो पहले मित्र की आँखों में आँसू आ गए। मित्र घबरा गया, 'कहीं मैंने कुछ गलत तो नहीं कह दिया?' पूछने पर पहले मित्र ने कहा, 'नहीं, तुमने आज वह कहा, जिसे सुनने के लिए मेरे कान बरसों से तरस गए थे। तुम पहले इंसान हो, जिसने मेरी भावनाओं को समझा है। वरना मेरे परिवारवालों को तो मेरी कोई कदर ही नहीं है, आज तुम्हारी बातों से मुझे बहुत अच्छा लगा।'

जिस तरह एक बुजुर्ग अपने परिवारवालों में अपने प्रति कृतज्ञता देखना चाहता है, वैसे ही आपके अपने भी इस तरह की बातें सुनने के लिए तरस रहे होते हैं कि वे आपके लिए क्या-क्या करते आए हैं इसलिए आप उन्हें एहसास दिलाते रहें कि उनका भी आपके जीवन में महत्वपूर्ण स्थान है।

२. एल. *(L)* पर है लिसनिंग यानी सुनना। सुनना रिश्तों में संवादमंच यानी कम्युनिकेशन प्लेटफॉर्म बनाने में मदद करता है इसलिए इस विषय पर अलग भाग में विस्तार से बताया गया है।

३. ए. *(A)* पर है एप्रीसिएशन यानी तारीफ, सराहना करना। हर इंसान अपने अंदर यह इच्छा रखता है कि कोई तो उसकी प्रशंसा करे, कोई उसे अच्छा कहे। लोग यह बताते नहीं लेकिन उनके अंदर यह इच्छा ज़रूर रहती है इसलिए उनकी इच्छाओं का मान रखते हुए रिश्तों में हमें तारीफ के शब्द कहना भी सीखना चाहिए। इस विषय पर भी अलग भाग में विस्तार से चर्चा हुई है।

४. एस. *(S)* पर है सॉरी कहना। यदि गलती हो जाए तो सॉरी कहने में कभी भी हिचकिचाना नहीं है क्योंकि सॉरी कहने से रिश्ते और अधिक मज़बूत बनते हैं। जैसे- एक इंसान अपनी पत्नी को पाँच साल बाद सॉरी कहता है। शादी के पहले के तीन-चार साल उसके लिए बहुत कठिनाइयों से गुज़रे थे। इसलिए वह अपनी पत्नी पर बात-बात पर बहुत गुस्सा किया करता था। किंतु जब उसे अपनी गलतियों का एहसास हुआ तब पाँच साल बाद ही क्यों न हो, उसने अपनी पत्नी से माफी माँगी। जिससे दोनों के रिश्तों में सुधार हुआ, प्रेम बढ़ा और उनके आपसी संबंध सुदृढ़ हुए। अत: सॉरी कहने में शर्म महसूस न करें बल्कि यह समझें कि इसी से रिश्तों में बनी शीशे की दीवार टूटती है।

५. एस.*(S)* दूसरे एस से आता है- से आय लव यू। रिश्तों में हमें एक-दूसरे को 'आय लव यू' कहना है अर्थात अपना प्रेम किसी भी रूप में प्रकट करना है। जब तक ये सभी बातें आप शब्दों में नहीं बताएँगे तब तक सामनेवाले को आपके प्रेम के बारे में नहीं पता चलेगा। कोई भी किसी के मन की बात नहीं पढ़ सकता इसलिए इसे शब्दों में बताना बहुत ज़रूरी है।

ऐसा नहीं है कि 'आय लव यू', 'धन्यवाद' या 'सॉरी' एक बार कह दिया तो काफी हो गया। आपके घरवाले ऐसे शब्द हमेशा सुनना चाहते हैं। इसलिए हफ्ते, १५ दिन या महीने में एक बार आपको यह कहना चाहिए। यही है कम्युनिकेशन के ज़रिए आपसी रिश्तों को मधुर और मज़बूत बनाने का राज़।

जी.- ग्रॅटिट्यूड

एल.- लिसनिंग

ए.- एप्रीसिएशन

एस.- सॉरी

एस.- से 'आय लव यू'

रिश्तों में संतुलन (बैलेंस) बनाए रखने के लिए कुछ अतिरिक्त वाक्य :

- हर दिन जब मैं अपने परिवार को देखता/देखती हूँ तो मैं ज़्यादा प्रेम और प्रेरणा महसूस करता/करती हूँ।
- आप सभी की वजह से मेरी उदासी घटती है और मेरी खुशी में बढ़ोतरी होती है!
- घर आकर मुझे सुकून महसूस होता है।
- तुम मेरे खज़ाने हो - मेरे जीवन का अमूल्य वरदान हो।
- आप पूरी दुनिया में सबसे अच्छे पत्नी/पति/बच्चे हो।
- मैं तुमसे प्यार करता हूँ और मैं तुम्हें खोना नहीं चाहता क्योंकि तुम्हारी वजह से मेरा जीवन सुखमय, आनंदमयी है।
- आप मेरे लिए विशेष हैं और हमेशा रहेंगे।
- तुम्हारे साथ अपने रहस्य शेअर करने से मैं सुरक्षित महसूस करता हूँ।
- तुम जैसे हो, मैं तुम्हें वैसे ही स्वीकार और प्यार करता हूँ।
- तुम मुझे प्रेरित करते हो। तुम मुझे साहस देते हो।
- यदि मैं तुम्हारे साथ नहीं भी हूँ तब भी मैं तुमसे जुड़ा हुआ महसूस करता हूँ।
- तुम्हारी मुस्कराहट मुझे ऊर्जा देती है।
- मुझे तुम पर पूरा भरोसा है।
- तुम सबकी वजह से परिवार में पूर्णता महसूस होती है।

बुद्धिमान व्यक्ति एक शब्द सुनता है और दो समझता है।

-यहूदी सूक्ति

13
कम्युनिकेशन में सेफ्टी कैसे रखें

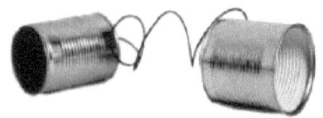

क्या आपके साथ कभी ऐसा हुआ है, जब आपको उस बात के लिए नकारात्मक फीडबैक दी जा रही थी, जो आपके अनुसार गलत थी ही नहीं? यदि हाँ तो ऐसा कोई फीडबैक जब आपको अपने बॉस, मित्र या सहकर्मचारी से मिलता है तो आपको कैसा महसूस होता है? सोचकर देखें।

अब कल्पना करें, स्कूल में आपके बच्चे का किसी दूसरे बच्चे से झगड़ा हुआ है, जिसमें आपके बच्चे की कोई गलती नहीं है। मगर घर आने के बाद आप उसे ही ज़िम्मेदार मानकर डाँटते हैं तब बच्चे का प्रतिसाद क्या होगा? सोचकर देखें।

ऐसी परिस्थिति में इंसान बहुत असुरक्षित महसूस करता है और अकसर खुद को बचाने के लिए कोई अलग रुख अपनाता है या आक्रमक हो जाता है। क्योंकि उस वक्त उसे केवल इतना ही दिखाई देता है कि 'अगर मैंने अपनी नाराज़गी नहीं दिखाई तो मुझे इसके परिणाम भुगतने पड़ सकते हैं।' जैसे बॉस, मित्र या सहकर्मचारी आप पर कोई

ऐसा लेबल लगा सकते हैं, जो आपकी आत्मछवि को ठेस पहुँचाएगा। बच्चे को भी डर होता है कि उसे सज़ा दी जाएगी।

आइए, इसी घटना के दूसरे पहलू पर भी गौर करते हैं। मानो, वाकई आपकी गलती है और उसे स्वीकार करने का आपमें साहस नहीं है तो भी आप बचावात्मक या आक्रमक रुख ही अपनाते हैं। ऐसे समय पर आप सामनेवाले की बात शांति से ग्रहणशील होकर सुनने के लिए बिलकुल तैयार नहीं होते क्योंकि आपके अनुसार वह आपको नुकसान पहुँचाना चाहता है। उस वक्त आपके लिए अपनी सुरक्षा ज़्यादा महत्वपूर्ण हो जाती है।

इस भाग में हम इसी विषय को समझेंगे। कम्युनिकेशन में सुरक्षा या सेफ्टी का क्या महत्त्व है और यह कैसे तैयार करें? अगर आप किसी के साथ वार्तालाप शुरू करने जा रहे हैं और वह इंसान आपके साथ सुरक्षित महसूस नहीं कर रहा है तो कम्युनिकेशन का अंत सही तरीके से होने की संभावना बहुत कम हो जाती है। अगर सामनेवाला आपकी बातें लगातार संदेह के साथ सुन रहा है कि 'कब आप उसे नुकसान पहुँचाने का प्रयास करोगे' तो वह आपकी बात सही ढंग से सुन ही नहीं पाएगा। वह कभी भी आपकी किसी बात का गलत अर्थ निकाल सकता है और विरोध करके, पूरा कम्युनिकेशन पटरी से नीचे ला सकता है।

ऐसे में ज़रूरी है, जब भी आपको कम्युनिकेशन में सुरक्षा की भावना कम या खत्म होती दिखाई दे तो तुरंत पहले उस भावना को फिर से निर्माण करें और बाद में कम्युनिकेशन को आगे बढ़ाएँ। कई बार आपको कम्युनिकेशन शुरू करने से पहले ही यह पता होता है कि बातचीत का विषय संवेदनशील है और सामनेवाला बचावात्मक या आक्रमक रुख अपना सकता है। ऐसे समय पर पहले ही सुरक्षा की भावना स्थापित करें और फिर कम्युनिकेशन आगे बढ़ाएँ।

इस विषय को हम एक दंपति की कहानी से समझते हैं।

इंदौर में रहनेवाली एक लड़की की शादी तय हो जाती है। शादी से पहले ही वह अपने होनेवाले पति से कहती है कि वह इस शहर को छोड़कर कभी नहीं जाना चाहती क्योंकि इस शहर में उसके पहचान के लोग हैं, परिवार है और उसे इस शहर से लगाव है वगैरह...। पति उसकी बात को स्वीकार करता है। अब शादी को तीन साल हो गए हैं। उनका एक बच्चा है। पति को बैंगलोर से एक जॉब का ऑफर आता है, जहाँ उसे बेहतर सैलरी और ऊँचा ओहदा दिया जा रहा है। पति चाहता है, सेविंग्ज बढ़ाकर परिवार के भविष्य को सुरक्षित करने हेतु उसे यह कदम उठाना ज़रूरी है। यह सोचकर जब वह

बैंगलोर शिफ्ट होने की अपनी इच्छा पत्नी को बताता है तब वह तुरंत इस बात को इनकार कर, कहती है– 'इस विषय पर हमने शादी से पहले ही बात कर ली थी।' लेकिन पति उसे समझाने का प्रयास करता है परंतु वह सुनने के लिए तैयार ही नहीं है। पत्नी का यह हठ देखकर पति अपना निर्णय पत्नी पर लादने का प्रयास करता है। वह कहता है, 'हमें यह निर्णय लेना ही होगा।' इससे बात और बिगड़ती है। उनके झगड़े बढ़ते ही जाते हैं। अंत में पत्नी आगबबूला होकर वहाँ से चली जाती है।

अब इस कम्युनिकेशन में हम दोनों की आंतरिक अवस्था को समझने का प्रयास करेंगे। पति ने जब अपनी बात प्रस्तुत की तब उसे पत्नी की असुरक्षा की भावना की बिलकुल खबर नहीं थी। जब पत्नी से पहली बार विरोध प्रदर्शन हुआ तब पति ने अपनी बात की तरफदारी करना शुरू किया। यह देखकर पत्नी और असुरक्षित हो गई और वह इसे पति द्वारा दिए गए धोखे के रूप में देखने लगी। पत्नी के अनुसार पति अपना वचन भूल गया है। जबकि पति ने अपने भविष्य को सँवारने के लिए निर्णय बदला था। इससे पहले कि वह पत्नी को समझा पाता, पत्नी विरोध में जा चुकी थी। वह सोच रही थी कि पति अपने शब्दों से पलट गया है। वह समझती है, शहर बदलने के निर्णय से उसे जो तकलीफ होगी, उसकी पति को कोई फिक्र ही नहीं है। पत्नी के लिए अब वह विश्वसनीय नहीं रहा और पति के लिए पत्नी समझनेवाली नहीं रही। ऐसे में उनके जितने झगड़े बढ़ेंगे, उतना ही उसका पति पर से विश्वास कम होगा। और ऐसे अविश्वसनीय इंसान के भरोसे वह अपने सभी संबंधियों से दूर जाना नहीं चाहेगी।

इस तरह जब संवेदनशील विषय में सामनेवाले की सुरक्षा की भावना का खयाल रखे बिना कम्युनिकेशन शुरू किया जाता है तब उसे सही तरीके से अंत तक लेकर जाना बहुत कठिन हो जाता है।

अब हम इस उदाहरण से बाहर आते हैं और उन तीन कदमों को समझते हैं, जो किसी भी कम्युनिकेशन में सुरक्षा की भावना तैयार करने के लिए महत्वपूर्ण सिद्ध होते हैं।

१. सेफगार्ड शब्दों का प्रयोग :

पहले नियम में वार्तालाप की शुरुआत हमेशा सेफगार्ड शब्दों से करें। सेफगार्ड शब्द क्या हैं, यह समझें। सामनेवाले के अंदर असुरक्षा की कौन सी भावना है, इसका पूर्वानुमान लगाकर जब आप वार्तालाप के शुरुआत में ही उन्हें उस भावना से मुक्त

होने में मदद करते हैं तब वे सेफगार्ड शब्द हैं।

आपकी बातों से सामनेवाले को जो गलतफहमी हो सकती है, उसका पूर्वानुमान लगाकर जब आप उसे पहले ही ऐसी गलतफहमी का शिकार न होने के लिए सचेत करते हो तो वे सेफगार्ड शब्द हैं। आइए, इसके कुछ उदाहरण देखें।

- कृपया मेरे सवालों का गलत अर्थ न निकालें, मुझे आपकी क्षमता पर कोई शंका नहीं है।
- 'फलाँ ने आपके बारे में मुझे जो कहा, मैं उसे अपने शब्दों में बता रहा हूँ। बिलकुल ऐसे शब्द मत समझना ताकि कोई गलतफहमी तैयार न हो।'
- ये सब मेरे सुझाव हैं, इसे आप कृपया आलोचना करके न लें। मैं आपके कार्य का बहुत आदर करता हूँ।
- देखो, मैं जो कुछ तुमसे कहने जा रहा हूँ, उसका अर्थ यह नहीं है कि मैं तुमसे नाराज़ हूँ। हमारा रिश्ता पहले जैसा ही रहेगा, उसमें कोई भी कमी नहीं आनेवाली है।
- इसमें आपकी कोई गलती नहीं है, आप सिस्टिम के अनुसार ही चले थे। लेकिन हमें समस्या को पूरी तरह से समझने के लिए आपने क्या स्टेप्स लिए, प्लिज यह हमें विस्तार से बताएँ।
- 'मैं जो आपको कहने जा रही हूँ, उसके पीछे मेरा इंटेन्शन आप पर दोष लगाना नहीं है, मैं सिर्फ अपनी बात आप तक पहुँचाना चाहती हूँ।
- मुझे यकीन है कि आपने इस बारे में बहुत कुछ सोचा है लेकिन फिर भी मुझे निर्णय लेने में थोड़ा समय चाहिए।
- मुझे तुम पर विश्वास है, तुम जानबूझकर किसी का नुकसान नहीं करोगे। लेकिन अगर तुमसे यह गलती हुई है तो कपटमुक्त बता दो।

अकसर लोग सेफगार्ड शब्दों का इस्तेमाल किए बिना ही सीधे बातचीत करना शुरू कर देते हैं, जिससे सामनेवाले को गलतफहमी हो जाती है कि 'यह मुझ पर इल्ज़ाम लगा रहा है, मुझे दोषी ठहरा रहा है, मेरे बारे में गलत सोच रहा है।' इस वजह से वे बचावात्मक रुख अपना लेते हैं। लेकिन सेफगार्ड शब्दों का इस्तेमाल करते ही सामनेवाले को आपका इंटेन्शन स्पष्ट होता है और वह अपनी असुरक्षा की भावना को कम कर देता है।

२. आपके लचीले रुख को पहले ही स्पष्ट करें :

बातचीत के दौरान अगर आप अपना रुख अटल और कठोर रखते हो तो सामनेवाला भी अपना रुख बचावात्मक या आक्रमक ही रखता है। अगर आप पहले ही यह स्पष्ट करते हो कि आपका रुख लचीला होगा यानी आप सामनेवाले को पूरा सुननेवाले हो और उस आधार पर ही निर्णय लेनेवाले हो तो सामनेवाला भी आपको सुनने की तैयारी रख सकता है। जैसे-

- पिताजी बच्चे से कहते हैं, 'कल स्कूल में जो झगड़ा हुआ उसके बारे में हम आज शाम को बात करेंगे। मैं तुम्हारी भी बात पूरी सुनकर लूँगा। उसके बाद हम निर्णय लेंगे कि तुमने दूसरे बच्चे से माफी माँगनी चाहिए या नहीं।'

- बेटी अपने पिताजी से कहती है, 'मैं और दो साल शादी नहीं करना चाहती, मुझे करिअर की तरफ ध्यान देना है। मैं इस बारे में कल सुबह आपसे बात करना चाहती हूँ। मैं आपकी पूरी बात सुन लूँगी, आप भी मेरी पूरी बात सुन लीजिए। फिर क्या करना चाहिए यह हम दोनों मिलकर तय करेंगे।'

इस तरह कम्युनिकेशन शुरू होने से पहले ही आपने अपना लचीला रुख प्रस्तुत किया तो सामनेवाला सुरक्षित महसूस करता है। वह आश्वस्त होता है कि आप अपनी मर्ज़ी उस पर लादनेवाले नहीं हो।

३. सामाईक लक्ष्य तैयार करें:

कम्युनिकेशन में सामनेवाले को सुरक्षा की कमी महसूस होती है क्योंकि उसे पता है आपका और उसका लक्ष्य बिलकुल विपरीत है। उसे अपना उद्देश्य पूरा न होने का डर होता है। ऐसी परिस्थिति में कम्युनिकेशन आगे लेकर जाते समय एक-दूसरे के उद्देश्य को स्वीकार करना ज़रूरी होता है। जब आप कहते हो कि आप सामनेवाले का भी उद्देश्य पूरा करने की भावना रखते हो तब वह सुरक्षित महसूस करता है और आपकी बातें सुनने के लिए तैयार होता है। ऐसी परिस्थिति में आप मध्यम मार्ग पर सोचने का प्रस्ताव भी रख सकते हैं। अगर दोनों लक्ष्यों की पूर्ति संभव है तो उस दिशा में चर्चा हो सकती है। या फिर दोनों के उद्देश्य थोड़ी मात्रा में पूर्ण करने के विकल्प पर बातचीत हो सकती है। इस तरह जब आप दोनों का लक्ष्य एक ही हो जाता है तब सुरक्षा की भावना लौट आती है। इसे सामाईक लक्ष्य कहा गया है।

उपरोक्त तीन कदम समझने के बाद अब हम वापस शुरुआत में दिए गए पति-

पत्नी के उदाहरण की तरफ बढ़ते हैं।

अगर पति को सामनेवाले की भावना को सुरक्षित करने का ज्ञान है तो उसका कम्युनिकेशन इस तरह होगा-

बैंगलोर के जॉब की ऑफर आने के बाद एक सुबह पति पत्नी से कहता है, 'मुझे बैंगलोर से जॉब का ऑफर आया है। उन्होंने बहुत अच्छी सैलरी ऑफर की है। ओहदा भी अच्छा है। मैं चाहता हूँ कि आज शाम को हम इस विषय पर चर्चा करें। इसे हम अभी सिर्फ एक विकल्प के तौर पर देखेंगे। जो भी निर्णय लेना है, हम दोनों को मिलकर ही लेना है।' (लचीला रुख)

इस तरह जब पति कहता है कि इस निर्णय में पत्नी की सहमति ज़रूरी है तब पत्नी में सुरक्षा की भावना बढ़ जाती है। वह अब भी अपना शहर छोड़ना नहीं चाहती। लेकिन वह इस विषय पर खुलकर चर्चा करने के लिए तैयार है।

जब शाम को पति घर आता है तब वह पत्नी से कहता है-

पति : देखो, मुझे पता है यह शहर छोड़ना तुम्हारे लिए बहुत तकलीफदायक होगा और मैं तुम्हें यह तकलीफ देना नहीं चाहता हूँ। (सेफगार्ड शब्द) लेकिन हमारी आज की आमदनी के साथ हम अपने बेटे की हायर एज्युकेशन के लिए सेविंग नहीं कर पाएँगे।

पत्नी : लेकिन यहाँ भी तो समय के साथ तुम्हारी सैलरी और ओहदा बढ़ सकता है न?

पति : सही है, लेकिन इसमें कई साल जाएँगे और तुम्हें तो पता है, हमारे क्षेत्र में लोग रिटायरमेंट भी जल्दी लेते हैं, ५८ या ६० साल तक कोई नौकरी नहीं करता। हमें रिटायरमेंट के लिए भी अच्छी सेविंग करनी है। इन सभी बातों के लिए मेरी आज की सैलरी पर्याप्त नहीं है।

पत्नी : इसलिए क्या हम अपना बचा हुआ जीवन किसी दूसरे शहर में बिताएँ?

पति : नहीं लेकिन क्या ऐसा हो सकता है कि ये दोनों बातें हम प्राप्त करें? (सामाईक लक्ष्य)

पत्नी: कैसे करेंगे?

पति: तुम यह तो स्वीकार करती हो न कि मेरी सैलरी बढ़नी चाहिए?

पत्नी : हाँ।

पति : यह तभी होगा जब मैं बैंगलोर जाऊँगा। इसलिए एक विकल्प ऐसा है कि हम बैंगलोर जाएँगे। मैं वहाँ जॉब शुरू करूँगा। तुम हर दो-तीन महीनों में १-२ दिन के लिए इंदौर आती रहना। दिवाली और गर्मियों की छुट्टी में तो तुम यहाँ आ ही सकती हो। अगर इस तरह हम सिर्फ ५ या १० साल वहाँ रहते हैं तो भी बहुत फायदा होगा।

पत्नी : हाँ! सोच सकते हैं और अगर पाँच साल के बीच तुम्हें उसी सैलरी और ओहदे की जॉब यहाँ मिल गई तो हम वापस भी आ सकते हैं।

इस तरह प्रस्तुत उदाहरण से हम समझ सकते हैं कि कम्युनिकेशन में सुरक्षा की भावना का खयाल रखकर शुरुआत की जाए तो कम्युनिकेशन सही दिशा में आगे बढ़ सकता है।

शब्दों का ज्ञान बुद्धिमत्ता का द्वार है।

-विल्सन

14
जुड़ाव की भावना कैसे और क्यों निर्माण करें

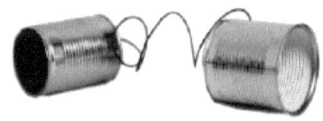

कुछ लोगों के कम्युनिकेशन में हमें एक अनोखी क्षमता दिखाई देती है। वे बहुत जल्दी लोगों से जुड़ जाते हैं। उनके मित्र जल्दी बन जाते हैं। नए संघ या नए कार्यक्षेत्र में वे लोगों के साथ सहज घुलमिल जाते हैं, अपना विश्वास संपादन कर पाते हैं। बॉस के साथ या अपने सहकर्मचारियों के साथ वे सौहार्द (आत्मीयता) जल्दी स्थापन कर पाते हैं। ऐसी क्षमता हमने कई लोगों में देखी होगी। इस क्षमता को प्राप्त करने के लिए कम्युनिकेशन कौशल हमारी कैसे मदद कर सकता है, यह हम इस भाग में समझेंगे। कम्युनिकेशन की तीन तकनीकें इसमें आपकी मदद करेंगी।

१. ध्यान देकर सुनना :

पहली तकनीक कहती है कि यदि आप लोगों से जुड़ना चाहते हैं तो पहले उन्हें ध्यान से सुनना सीखें। इस पर हम दूसरे भाग में बात कर चुके हैं। उसके बाद उनकी भावनाओं को अपने शब्दों में उनके सामने रखें और यदि हो सके तो उनके सकारात्मक दृष्टिकोण की सराहना भी करें।

इस तरह वे आपसे जुड़ाव महसूस करेंगे।

यहाँ समझने योग्य बात यह है कि जब भी हम किसी की बात को पूरे ध्यान से सुनते हैं तो वे लोग आपके साथ जुड़ाव महसूस करने लगते हैं। फिर अपनी बात पूर्ण होने पर वे आपकी बात को भी ध्यान देकर सुनते व समझते हैं।

२. सकारात्मक भावनाओं के लिए निमित्त बनें:

लोगों के अंदर ऐसी सकारात्मक भावनाएँ जगाएँ जो उनके लिए विशेष हैं। इंसान भावना प्रधान जीव है। वह जानकारी से अधिक भावनाओं से प्रेरित होता है। जानकारी की पहुँच सिर्फ हमारे मस्तिष्क तक है। जबकि भावनाएँ हमारे हृदय के सबसे नज़दीक रहती हैं। इसलिए जब आप किसी इंसान की भावनाओं तक पहुँच पाते हैं तब वह आपसे जुड़ाव महसूस करता है। कम्युनिकेशन के साथ यह आप कैसे कर सकते हैं, इसे एक उदाहरण से समझते हैं।

एक सरकारी कार्यालय में नया कर्मचारी 'ए' अपनी नौकरी शुरू करता है। उसके लिए सभी लोग नए हैं। एक दिन वह अपने नए सहकर्मचारी 'बी' से बातों-बातों में पूछता है, 'यहाँ पास में जो थिएटर है, वहाँ आपने पहली फिल्म कौन सी देखी थी?' 'बी' उसे उस पहली फिल्म का नाम बताता है। उस पर 'ए' उसे कहता है, 'इसका मतलब उस वक्त आप चौथी कक्षा में थे। बहुत रोमांचक अनुभव रहा होगा, यह आपके लिए।' यह सुनते ही 'बी' सोचने लगता है। उसे अपने स्कूल के सुनहरे दिनों का स्मरण होता है और उन दिनों की कुछ बातें करते हुए वह 'ए' से वार्तालाप जारी रखता है। जब उनका वार्तालाप समाप्त होता है तब दोनों कुछ हद तक जुड़ाव महसूस करते हैं। हालाँकि, जिस क्षण 'ए' ने 'बी' के अंदर उन विशेष भावनाओं को जगाया, उसी वक्त दोनों के बीच जुड़ाव तैयार होने की प्रक्रिया शुरू हो गई थी।

इस तरह अपने शब्दों द्वारा जब आप लोगों में ऐसी भावनाएँ जगाते हैं तब वे आपसे जुड़ाव महसूस करते हैं। ये भावनाएँ सकारात्मक होने के साथ-साथ उस इंसान के लिए व्यक्तिगत भी थीं। 'ए' ने उन भावनाओं को स्पर्श करके मात्र व्यवसाय से संबंधित लेन-देन के रिश्ते का दायरा लाँघकर, वह 'बी' की भावनाओं के दायरे में दाखिल हो गया। इस तरह दोनों में जुड़ाव की भावना तैयार होने लगी।

कार्यक्षेत्र में अगर यह जुड़ाव की भावना लोगों के अंदर रहती है तो इसके

कई लाभ हैं। कार्यक्षेत्र में तालमेल से काम होता है। लोग ज़िम्मेदारी से कार्य करते हैं। सभी का उत्साह और प्रेरणा ऊँचाई पर रहता है। यह नहीं है तो क्या होता है? जैसे एक अधिकारी है, जो अपने कर्मचारी से केवल कार्य से संबंधित बात करता है, 'आज फलाँ-फलाँ कार्य पूर्ण कर देना। कल दिए गए कार्य का क्या हुआ? वगैरह…' अगर वह अधिकारी कर्मचारी से रोज़ सिर्फ कार्य से संबंधित ही बात करता है तो कुछ ही समय में कर्मचारी को महसूस होगा कि इस कार्यालय में उसका महत्त्व किसी मशीन से ज़्यादा नहीं है। ऐसे में क्या वह कर्मचारी उस कंपनी या अपने अधिकारियों से जुड़ाव महसूस करेगा? ऐसी परिस्थिति में उसका उत्साह कैसा होगा? वह अपने कार्य के प्रति ज़िम्मेदारी महसूस करते हुए कार्य करेगा या सिर्फ कार्य तनख्वाह के लिए करेगा? इससे भी बदतर परिस्थिति तब उत्पन्न होती है, जब बॉस कर्मचारी को अपना नौकर (अधीन) समझकर बातचीत करे। तब तो कर्मचारी की यह समझ पक्की होगी कि उसकी यहाँ कोई कद्र ही नहीं है। वह कंपनी के लिए मात्र एक संसाधन है, रिसोर्स है।' जिसके परिणामस्वरूप वह कभी भी कंपनी से, बॉस से, लोगों से और काम से जुड़ाव महसूस नहीं करेगा।

लेकिन अगर कंपनी के अधिकारी इस विषय का महत्त्व समझते हैं तो वे ज़रूरी कदम उठाएँगे। कम्युनिकेशन द्वारा लोगों में जुड़ाव की भावना तैयार करना एक महत्वपूर्ण कदम है, जिससे लोग उत्साह और प्रेरणा प्राप्त करके कार्य कर पाते हैं। जैसे, किसी सफाई कर्मचारी को काम बताते हुए आपने कहा कि 'यहाँ-यहाँ से सफाई कर लो' और साथ ही पूछ भी लिया कि 'आपने खाना खाया?' या 'आपके बेटे की बोर्ड की पढ़ाई कैसे चल रही है?' तो आपके एक सवाल पूछते ही वह आपके साथ जुड़ जाएगा और उसे अपनापन महसूस होने लगेगा। उस वक्त उसे जो खुशी महसूस होगी, उसी खुशी में वह बहुत अच्छे से काम कर पाएगा।

इनके अलावा आप उस इंसान की व्यक्तिगत ज़रूरतों पर भी ध्यान रख सकते हैं। भले आप उसके लिए कुछ कर नहीं रहे हों, लेकिन आप उसके व्यक्तिगत जीवन के लिए सहानुभूति रखते हों या शुभेच्छा रखते हों तो भी वह आपसे जुड़ाव महसूस कर सकता है।

३. **समानता ढूँढ़ना**

जब आप लोगों में समानता ढूँढ़कर उनसे बातचीत शुरू करते हैं तब भी उनसे जल्दी जुड़ जाते हैं। कहा जाता है कि जब एक जैसे लोग आपस में मिलते हैं तो वे जल्दी

जुड़ जाते हैं।

अगर आप एक बिज़नेसमैन हैं तो किसी और बिज़नेसमैन से मिलकर आप जल्दी अपनापन महसूस करते हैं और उनसे कम्युनिकेशन करने में आपको आसानी भी होती है।

जैसे जब आप अपने जैसे व्यवसाय के किसी इंसान से पूछते हैं कि वह अपना कार्य कैसे मैनेज करता है, तब वह भी आपसे कनेक्ट हो जाता है, आपसे जुड़ाव महसूस करता है और आपको बताता है कि 'मैं इस-इस तरह मैनेज करता हूँ।' इस तरह दोनों के विचार एक ही विषय से संबंधित होने के कारण उनका आपस में तालमेल बिठाना आसान हो जाता है। किंतु अगर आप उस जैसे अनुभव से नहीं गुज़रे हैं तो आपको सामनेवाले की बात समझने में दिक्कत महसूस हो सकती है। अत: जब भी किसी से मिलें, उनमें समानता ढूँढ़ने का प्रयास करें और उस विषय पर चर्चा करें।

इसी के साथ जब आप किसी को समानुभूति के साथ सुनते हैं तब भी बोलनेवाला इंसान आपसे जुड़ाव महसूस करता है। लोगों के नाम याद रखकर उनसे बात करना, अपनी देहबोली सकारात्मक रखना, चेहरे पर हँसी रखना, ईमानदारीयुक्त सराहना करना, ये सारी चीज़ें भी कम्युनिकेशन में लोगों के साथ जुड़ाव बनाते वक्त आपकी मदद कर सकती हैं।

उपरोक्त तीनों बातों को ध्यान में रखते हुए कम्युनिकेशन करने की कोशिश करें ताकि आप कम्युनिकेशन में सहजता महसूस करें।

जो बात दिल से निकलती है, वह दिल तक पहुँचती है।
-सेम्युअल टेलर कॉलरिज

खण्ड ४
कम्युनिकेशन के तरीके

कम्युनिकेशन पर पास्ट के अनुभवों का असर मिटाएँ

भूतकाल इंसान की याद्दाश्त में है, भविष्य कल्पना में और वर्तमान अभी, इसी क्षण है। वर्तमान में है सजगता, जाग्रति। यदि इंसान वर्तमान में जीना शुरू करे तो वह अपने जीवन को सुंदर बना सकता है मगर हकीकत में ऐसा होता नहीं है। भूतकाल के अनुभव और भविष्य का डर इंसान को आनंद से महरूम रखता है।

यही गलती वह कम्युनिकेशन करते वक्त भी करता है। जैसे जब भी वह अपने सगे-संबंधियों, सहयोगियों, कर्मचारियों के साथ बातचीत करता है या उनसे मिलता है तब वह उनसे भूतकाल में मिले हुए प्रतिसाद के आधार पर बातचीत करता है। जो कई बार सही नहीं होती क्योंकि संभावना है कि आज वह इंसान बदल गया हो या भूतकाल में उसका मूड खराब होने की वजह से उसने गलत प्रतिसाद दिया हो।

अत: हम अपने पुराने चश्मे से लोगों को न देखते हुए, वे आज वर्तमान में जैसे हैं, वैसे देखकर उनसे बातचीत करें। इंसान जिंदा है, हर पल बदल रहा है। वह जो कल था, जरूरी नहीं आज भी वैसा ही हो।

इसी के साथ एक और बात याद रखें- जब भी हमें कठिन वर्तालाप करना हो तब तुरंत कुछ न बोलें। पहले कुछ क्षण ठहर जाएँ। अपना ध्यान अपने आतंरिक मौन की तरफ ले जाएँ, वहाँ रुकें, शांत रहें, अपने भीतर सजगता लाएँ। जिससे आप वर्तमान में आ जाएँगे। वर्तमान में रहकर, बिना भूत और भविष्य के खिंचाव से, वर्तमान के इंसान को देखते हुए अपनी बात कहना शुरू करें। जिससे आप महसूस करेंगे कि आपके बोलने की गुणवत्ता बढ़ गई है।

15

पहला तरीकाः

सही सवाल कैसे और क्यों पूछें

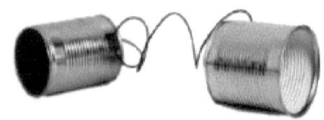

एक होटल में, दिन के अंत में कई बार उबले हुए अंडे बच जाते थे क्योंकि उनके मेनू में एक ऐसी डिश थी, जिसके लिए वेटर को ग्राहक से पूछना पड़ता था कि 'यह डिश आप अंडे के साथ लेंगे या बगैर अंडे के?' जवाब में लोग अकसर अंडे के साथ डिश लेने से मना कर देते थे। इंसान को जब हाँ या नहीं का विकल्प दिया जाता है तो वह अकसर नहीं के विकल्प को चुनता है। इसके पीछे उसकी कोई खास सोच नहीं होती, बस निर्णय लेने की सुस्ती होती है। किसी ने पूछ लिया तो वह ''नहीं'' बोल देता है। यही कारण था कि लोग वह डिश अंडे के साथ लेने से मना कर देते थे। इस वजह से उस महँगी डिश का सेल भी कम होता था।

एक दिन होटल के मैनेजर ने एक सेमिनार अटेंड किया, जहाँ उसे कम्युनिकेशन में 'सही सवाल पूछने की कला' की जानकारी मिली। उसने अगले ही दिन सभी वेटर्स को बुलाया और बताया, 'अब यह डिश माँगनेवाले ग्राहकों

से अलग सवाल पूछना कि इस डिश में वे एक अंडा चाहते हैं या दो? अंडा चाहिए या नहीं– यह विकल्प ही नहीं देना है।' तब एक वेटर ने पूछा, 'लेकिन अगर कोई इसे अंडे के साथ खाना ही न चाहे तो क्या करें?' इस पर मैनेजर ने बताया, 'ऐसी परिस्थिति में उसे बिना अंडे की डिश दे सकते हैं। परंतु शुरुआत में ही उन्हें यह विकल्प नहीं देना है।'

इस तरह जब वेटर ने अपना सवाल पूछने का तरीका बदला तो देखा कि अंडे की बिक्री बढ़ गई। अब जब ग्राहक से पूछा जाता, 'एक अंडा डालें या दो' तब वे सोचते और दोनों में से एक विकल्प चुनते। इस तरह उनकी महँगी डिश का सेल बढ़ गया।

इस उदाहरण द्वारा कम्युनिकेशन की एक महत्वपूर्ण तकनीक हमारे सामने आती है, 'सीमित विकल्प देने की तकनीक', इस तकनीक में हम सुननेवाले से सवाल पूछते वक्त चुनिंदा विकल्प देते हैं। जिससे आप आनेवाले परिणाम को प्रभावित कर सकते हैं।

अकसर लोग सामनेवाले से जब भी सवाल पूछते हैं तो उसे कुछ चुनने का और कुछ नहीं चुनने (बिटवीन नथिंग एंड समथिंग) का विकल्प देते हैं। जैसे, 'तुम कल खाना खाने आओगे या नहीं… बेटा तुम पढ़ाई करोगे कि नहीं करोगे?' आदि। इस तरह से पूछे गए सवालों से कई लोग 'कुछ नहीं' चुनने का विकल्प अपनाते हैं। अर्थात वे कहते हैं, 'नहीं आएँगे, नहीं खाना, नहीं पढ़ना' आदि। मनोविज्ञान कहता है, इंसान को नई बातों के लिए 'ना' कहना ज़्यादा सुरक्षित लगता है। साथ ही उसके पास थोड़ी भी असुविधाजनक बात को टालने का विकल्प हो तो वह उसे ही चुनता है। इसलिए ज़रूरत है कि आप अपने सवालों द्वारा लोगों को विकल्प दें, जिसमें 'ना' कहने का विकल्प ही न हो। अर्थात 'कुछ और कुछ' (बिटवीन समथिंग एंड समथिंग) का विकल्प देते हुए सवाल पूछें। जैसे आप बच्चों से पूछ सकते हैं:

'बेटा, तुम मोबाईल अभी रखोगे या १५ मिनट के बाद?'

'तुम अभी सफाई में मेरी मदद करोगे या शाम को आने के बाद?'

'तुम कल सुबह १० बजे आओगे या ११ बजे?

'तुम खाना अभी खाओगे या पढ़ाई के बाद?'

'तुम खेलकर आने के बाद नहाओगे या होमवर्क पूरा करके नहाओगे?'

'बेटा तुम पढ़ाई खाना खाने से पहले करोगे या खाना खाने के बाद?'

'तुम नाश्ता करने से पहले पौधों को पानी दोगे या बाद में?'

'दूध में हेल्थ ड्रिंक डालूँ या प्लेन दूध पिओगे?'

इस तरह पूछने से आप सामनेवाले को 'कुछ और कुछ' में से चुनाव करने का विकल्प देते हैं।

इस तरह दो में से चुनाव करवाकर आप बच्चे की मदद कर रहे हैं ताकि वह पढ़ाई कर पाए, खाना समय पर खा पाए और यह सब आप उससे बिना हुकुम जताए मनवा रहे हैं। क्योंकि आप उससे यह नहीं पूछ रहे, 'करोगे या नहीं?' आपने उसके लिए निर्णय लेना आसान कर दिया है। आप उससे कह रहे हैं कि 'यह काम करना सही है मगर तुम बताओ कि कब और कैसे करोगे?'

कम्युनिकेशन की इस तकनीक का इस्तेमाल करके आप स्वयं को बुरा दिखाने से या लोगों को हर्ट करने से भी बच सकते हैं। इसे एक उदाहरण से समझते हैं।

एक सेक्रेटरी के पास बॉस ने चार काम देकर रखे हैं। इन चार कामों में उसका पूरा दिन जानेवाला है, यह सेक्रेटरी को पता है। इसके बाद बॉस आकर उसे और दो काम देते हैं और कहते हैं, 'यह पूरा करके ही घर जाना।' अब सेक्रेटरी परेशान है। उसे दो ही चुनाव दिख रहे हैं या तो वह बॉस से कहे कि ये सभी कार्य आज नहीं हो सकते और बॉस की नज़रों में अपनी छवि खराब करने का खतरा उठाए या बिना बोले काम करती रहे और देर रात तक बैठकर सभी कार्य पूर्ण करके ही घर जाए। लेकिन कम्युनिकेशन की सीमित विकल्प देने की तकनीक इस्तेमाल करके वह स्वयं को इस परिस्थिति से बचा सकती है। वह बॉस से जाकर सवाल पूछ सकती है, 'सर, मैं आज पूरे दिन में आपके दिए हुए कल के चार कार्य पूर्ण करनेवाली थी। लेकिन आपने जैसे अभी बताया कि ये नए दो कार्य ज़्यादा जरूरी हैं, इसलिए मैं पहले ये पूर्ण करूँगी। लेकिन बचे हुए समय में और दो कार्य पूर्ण हो सकते हैं। इसलिए कृपया बताएँ, कल दिए हुए कार्यों में से कौन से दो कार्य आपके लिए ज़्यादा महत्वपूर्ण हैं? जो आप चाहते हैं आज ही पूर्ण हो?'

इस तरह आप आदरयुक्त तरीके से अपनी बात प्रस्तुत कर सकते हैं और लोगों को बुरा भी नहीं लगता। लेकिन खयाल रहे, **आपको अपनी ज़िम्मेदारी, अधिकारक्षेत्र की सीमाएँ और कॉमन सेन्स का इस्तेमाल करते हुए यह कम्युनिकेशन करना**

है। जैसे आप अपने बॉस से यह नहीं पूछ सकते, 'आप मुझे प्रमोशन इसी महीने देंगे या अगले महीने?' **इस तकनीक को सही जगह पर इस्तेमाल करें।** इसके निम्नलिखित कुछ उदाहरण हैं:

१. प्रोजेक्ट की रिलीज डेट नज़दीक है, इसलिए हमें ज़्यादा समय कार्य करना पड़ेगा। आप शनिवार को आकर काम करना चाहेंगे या रविवार को?

२. आप ऑफिस आते ही रिपोर्ट देंगे या जाते वक्त देकर जाएँगे?

३. आप इस विषय पर अभी बात करेंगे या एक घंटा सोचने के बाद?

४. कार में चलेंगे या २ वीलर पर?

५. आप दिवाली में ३ दिन छुट्टी लेना चाहेंगे या क्रिसमस में?

सीमित विकल्प देकर सवाल पूछने की यह तकनीक कम्युनिकेशन में प्रभावशाली सिद्ध होती है। इसका इस्तेमाल करके लोग अपने व्यवसाय में उन्नति कर सकते हैं। अपनी बिक्री बढ़ा सकते हैं। आदरयुक्त कम्युनिकेशन के साथ आप अपने कर्मचारी से खुशीपूर्वक काम करवा सकते हैं और अपने सह-कर्मचारियों से सहयोग भी प्राप्त कर सकते हैं।

16

दूसरा तरीकाः

आदरयुक्त सीधी बात कैसे करें

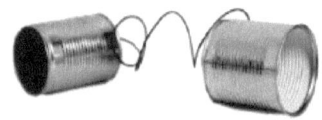

अर्नेस्ट हेमिंग्वे प्रख्यात अमरिकी साहित्यकार और पत्रकार थे, जिन्हें 'द ओल्ड मैन एंड द सी' जैसी अमर कहानियों के लिए १९५४ में साहित्य का नोबल पुरस्कार मिला।

एक बार अर्नेस्ट हेमिंग्वे के बेटे ने एक कहानी लिखी। उसने अपने पिता को कहानी पढ़ने के लिए दी और उसमें सुधार करने को कहा। हेमिंग्वे ने गौर से पूरी कहानी पढ़ी और उसमें बस एक शब्द बदला। बेटे को लगा कि पिताजी ने कहानी पूरी नहीं पढ़ी है या गौर से नहीं पढ़ी है। उसने निराश स्वर में कहा, 'पिताजी, यह क्या? आपने तो इसमें केवल एक ही शब्द बदला है!' हेमिंग्वे ने जवाब दिया, **'अगर यह सही शब्द है तो इतना ही काफी है।'**

प्रस्तुत छोटी सी घटना से हमें कम्युनिकेशन का एक पहलू सीखने को मिलता है कि सही जगह पर लिखा गया एक शब्द या सही समय पर बोला गया एक शब्द काफी होता है। सही समय पर यदि आपने सही शब्द नहीं कहा तो फिर

आपको काफी मेहनत करनी पड़ती है कि आप अपनी बात सामनेवाले को समझा पाएँ। इसी तरह यदि हमने अपने कम्युनिकेशन में सीधे मगर आदरयुक्त शब्द शामिल किए तो अनावश्यक शब्द अपने आप गायब हो जाएँगे। इस बात को विस्तार से समझने के लिए आइए, कुछ उदाहरणों का सहारा लेते हैं।

१. बॉस का अपने एक कर्मचारी के साथ अच्छा रिश्ता है। लेकिन कुछ दिनों से उस कर्मचारी का कार्य में प्रदर्शन बहुत ही निराशाजनक रहा है। इसे स्वीकार करते हुए आगे चलना और मुश्किलें पैदा कर सकता है। लेकिन उस कर्मचारी को यह बात कैसे बताएँ, यह बॉस के सामने एक बड़ी समस्या है।

२. एक पति पूरा हफ्ता कार्य में व्यस्त रहता है और छुट्टी के दिन मित्रों के साथ समय बिताने की योजना बनाता है। पत्नी चाहती है, छुट्टी का समय पति अपने परिवार के साथ बिताए। मगर वह चाहती है कि यह बात पति को खुद ही समझ में आ जाए।

३. एक कर्मचारी हफ्ते में कई बार ऑफिस के प्रिंटर से अपने व्यक्तिगत काम के पेपर्स प्रिंट करके लेता है। ऑफिस की स्टेशनरी का ऐसा गलत इस्तेमाल होते हुए उसका एक सह-कर्मचारी हमेशा देखता है और वह चाहता है, इस विषय में वह उससे बात करे पर कैसे कहे, यह उसे समझ में नहीं आता।

ऐसी कई परिस्थितियों की आप कल्पना कर सकते हैं। ऊपर लिखे गए तीन उदाहरणों में समानता यह है कि हम बातचीत की शुरुआत कैसे करें, इसके लिए अनिश्चित महसूस करते हैं। कुछ लोग विस्फोटक तरीके से अपने भाव व्यक्त करते हैं तो कई लोग चुप्पी साधना पसंद करते हैं। लेकिन हर तरीका आपका कम्युनिकेशन असफल बना देता है। आमतौर पर ऐसी परिस्थितियों में इस्तेमाल होनेवाले तीन गलत तरीकों को हम पहले समझ लेते हैं।

१. आक्रमक तरीका : इस तरीके में लोग अपनी भावनाएँ एक विस्फोट के साथ व्यक्त करते हैं। जैसे तीसरे उदाहरण में वह कर्मचारी अपने सह-कर्मचारी से कहेगा, 'सर आप तो कंपनी को लूट रहे हैं' या 'ऑफिस की स्टेशनरी ऐसे इस्तेमाल करना तो चोरी हुई न!'

दूसरे उदाहरण में पत्नी गुस्से से झगड़ा करना शुरू करती है। वह पति के ऊपर आरोप पर आरोप लगाकर कहती है, 'तुम्हें अपनी ज़िम्मेदारियों का एहसास ही नहीं है' या 'तुमने पिछले महीने कहा था, तुम मुझे और बच्चों को घूमने लेकर जाओगे। तुम्हारे

जीवन में हमारी कोई कीमत ही नहीं है' या 'तुम्हारे लिए मित्र ही सब कुछ हैं तो शादी ही क्यों की' वगैरह।

इस तरह जवाब देकर हम तथ्य को अपनी भावनाओं के अनुसार प्रस्तुत करते हैं। हम अपनी भावनाओं की तीव्रता को व्यक्त करनेवाले शब्दों का चुनाव करते हैं। हालाँकि हमें उन शब्दों का चुनाव करना चाहिए, जो तथ्य भी प्रस्तुत करें और आप जो चाहते हैं वह परिणाम भी आपको प्राप्त हो। जब आप अपनी भावनाओं के अनुसार शब्द इस्तेमाल करते हैं तब सुननेवाला अकसर आपके कठोर शब्दों को ही सुनता है। इस तरह भावनाओं में बह जाना हमारे कम्युनिकेशन को असफल बना देता है।

२. चुप्पी साधना या बहुत सौम्य तरीके से अपनी बात कहना : दूसरे तरीके में लोग चुप्पी साधने का चुनाव करते हैं ताकि फिलहाल इस समस्या का सामना न करना पड़े या इतने सौम्य तरीके से आप अपनी बात प्रस्तुत करते हैं कि उसका असर ही नहीं होता।

जैसे, पहले उदाहरण में बॉस सोचेगा उस कर्मचारी को उसके निराशाजनक प्रदर्शन के बारे में अभी नहीं बताते, बाद में कभी बताते हैं। लेकिन अगर उस कर्मचारी के खराब प्रदर्शन से मार्केट में उनके प्रोडक्ट का इमेज खराब हो रहा है। कमज़ोर मार्केटिंग स्ट्रेटेजी से उनके ब्राँड का नुकसान हो रहा है तो ऐसे समय में चुप्पी साधना कंपनी के लिए नुकसानदायक निर्णय सिद्ध हो सकता है।

दूसरे उदाहरण में अगर पत्नी चुप्पी साधने का निर्णय लेती है तो वह अंदर ही अंदर अपने गुस्से को बढ़ाती रहेगी और जितना उसका गुस्सा बढ़ेगा, उतना ही उसके लिए एक दिन आक्रमक तरीके का चुनाव करना अनिवार्य हो जाएगा।

अब तीसरे उदाहरण की बात करते हैं। अगर वह कर्मचारी अपने सह-कर्मचारी से कहता है, 'इससे मुझे लेना-देना नहीं है लेकिन ये पेपर्स आपके निजी काम के हैं क्या? आप बुरा मत मानना, मैं बस जानना चाहता था।' इस तरह अगर आप सीधी बात नहीं कहेंगे और अपनी बातों को इतने सौम्य तरीके से प्रस्तुत करेंगे तो इस कम्युनिकेशन का कोई असर ही नहीं होगा। साथ ही आप जो परिणाम चाहते हैं वे प्राप्त नहीं होंगे।

३. ताना मारना: इसे कटाक्ष करना भी कहते हैं। अगर पत्नी इस तरीके का इस्तेमाल करती है तो उनका वार्तालाप कैसा हो सकता है, एक उदाहरण से समझते हैं।

(रात का खाना खाते वक्त दोनों साथ में बैठे हैं।)

पति : अरे वह अजीत है न, उसकी शादी तय हो गई है। पिछले महीने वे दोनों

मिले थे... लड़कीवालों ने 'हाँ' बोल दिया है।

पत्नीः अच्छा! लड़की को सब बताया न अजीत ने? तुम लोगों के ट्रिप्स वगैरह रहते हैं महीने में दो-तीन बार।

पतिः क्यों?

पत्नीः नहीं ऐसे ही। सब बातें एक-दूसरे को पता रहें तो अच्छा है। दोनों को पूरा जीवन साथ में गुज़ारना है।

इस ताने के कारण पति और दूरी बनाना चाहेगा। वह कम समय घर पर रहना चाहेगा। ताना मारना एक शॉर्टकट तरीका है। इसे शॉर्टकट कहा गया क्योंकि इस तरीके से आप सामनेवाले का सीधे सामना न करते हुए, अपनी भावनाओं को अप्रत्यक्ष रूप से व्यक्त करते हैं। सामनेवाले को बोलने का मौका न देते हुए, अपनी बात कह पाना लोगों को शक्ति और जीत का एहसास करवाता है। लेकिन सामनेवाले को बोलने का मौका न देकर उसके अंदर कुछ बातें दबी तो रहती ही हैं। वह जवाब नहीं दे पाया इसका मतलब उसने आपकी बात स्वीकार कर ली, ऐसा नहीं है। दरअसल वास्तविकता बिलकुल विपरीत होती है। गुस्से से रिश्ते बिगड़ जाते हैं, यह हम जानते हैं। अगर गुस्सा रिश्तों पर किसी हथौड़े के वार का काम करता है तो कटाक्ष उन पर लगनेवाले जंग का काम करता है, जो रिश्तों को खोखला कर देता है। जिसके परिणामस्वरूप रिश्तों से प्रेमभाव और अपनापन समाप्त हो जाता है।

इस तरह हमने देखा, जहाँ कठिन वार्तालाप करने का समय आता है तब ये तीनों तरीके विफल सिद्ध होते हैं। अब हमें कठिन वार्तालाप में चौथे सही तरीके का इस्तेमाल करना सीखना है।

४. आदरयुक्त सीधी बात : यह चौथा तरीका है। इस तरीके के शब्दों से ही स्पष्ट होता है कि आपको इस तरीके में क्या कहना है। 'आदरयुक्त' मतलब आपको अपनी भावनाओं को साफ करना है। आप अपनी नकारात्मक भावनाओं को अंदर दबाकर यह नहीं कर सकते। अपनी भावनाओं का विश्लेषण करके जब आप उन्हें स्वीकार करते हैं या प्रस्तुत करते हैं तब यह संभव होता है।

जैसे बॉस जब अपनी भावनाओं का विश्लेषण करेगा तब उसे पता चलेगा मैंने लंबे समय से चुप्पी साधकर रखी है इसलिए मेरे अंदर इतना गुस्सा भरा हुआ है। अगर मैं सही समय पर उस कर्मचारी के खराब प्रदर्शन के बारे में उसे बताता तो यह भावना

इतनी तीव्र नहीं होती थी। यही बात पत्नी और उस सह-कर्मचारी पर भी लागू होती है। अगर पत्नी लंबे समय तक चुप्पी बनाए रखती है तो उसका गुस्सा बढ़ते जाएगा। वह सह-कर्मचारी अगर रोज़ पेपर्स का गलत इस्तेमाल होते देखेगा तो उसके अंदर द्वेष और गुस्सा बढ़ता जाएगा। इस विश्लेषण से आप उन भावनाओं तक पहुँचते हैं, जो महसूस करना जायज़ है। आपकी बात 'आदरयुक्त' हो इसके लिए यह पहला कदम है। 'सीधी बात' कहने के लिए आपको पाँच बातों का खयाल रखना है। इनमें से जो बात जहाँ ज़रूरी है, वहाँ उसका इस्तेमाल करें।

❖ **आदरयुक्त शब्द** : अपनी बातचीत में आदरयुक्त शब्दों का इस्तेमाल करना आपके कम्युनिकेशन को 'आदरयुक्त' बनाने का दूसरा कदम है। आपको अपनी भावनाएँ साफ करने के बाद आदरयुक्त शब्दों का इस्तेमाल करना भी ज़रूरी है क्योंकि आप इसके बाद कुछ ऐसी बात बताने जा रहे हैं, जो सामनेवाले को बुरी लग सकती है।

❖ **सिर्फ तथ्य बताएँ** : आपको वे शब्द इस्तेमाल नहीं करने हैं, जो आपकी भावनाओं को व्यक्त करते हैं। आपको तथ्य सामने रखना है। जैसे उस सह-कर्मचारी को 'चोरी' शब्द का इस्तेमाल टालना चाहिए। क्योंकि यह गुस्से और द्वेष से भरा शब्द उसने अपनी भावनाएँ व्यक्त करने के लिए किया है। पत्नी 'गैरज़िम्मेदार' शब्द का इस्तेमाल टाल सकती है। बॉस 'अकार्यक्षम' शब्द का प्रयोग टाल सकता है।

❖ **भावनाएँ तथ्य से अलग करके बताएँ** : अगर आप अपनी भावना और दृष्टिकोण भी बताना चाहते हैं तो इन्हें तथ्य से अलग रखकर प्रस्तुत करें। ये दो बातें आपको अलग इसलिए भी रखनी हैं ताकि सामनेवाला दोनों बातों के जवाब अलग-अलग दे पाए।

❖ **दृढ़ता** : अगर आपको पता है कि आप सिर्फ तथ्य बता रहे हैं और आदर के साथ बता रहे हैं तो आपके शब्दों में दृढ़ता भी होनी चाहिए। वरना आपका संकोच या गोलमोल शब्द आपमें गंभीरता की कमी को दर्शाते हैं।

❖ **निर्णय न बताएँ** : अपनी बात दृढ़ता के साथ बताने के बाद कम्युनिकेशन खुला रखें। निर्णय न बताएँ, सामनेवाले को अपनी बात कहने का मौका दें।

अब हम 'आदरयुक्त सीधी बात करने' के तरीके का इस्तेमाल करते हुए, उन तीन उदाहरणों के जवाब क्या हो सकते हैं, यह समझते हैं।

बॉस इस असुविधाजनक कम्युनिकेशन को न टालते हुए इसे पूर्ण करता है। ऐसा करते वक्त उसे अपनी भावनाएँ बतानी हैं कि यह बात कहना उसके लिए भी कठिन है।

बॉस : 'दो साल से आप साऊथ झोन में मार्केटिंग सँभाल रहे हैं। लेकिन इन रिपोर्टस् के अनुसार हमारा सेल बिलकुल नहीं बढ़ा है। मुझे यह बताते हुए बुरा लग रहा है लेकिन हमें इस पर जल्द ही कोई निर्णय लेने की आवश्यकता है, जिससे स्थिति में परिवर्तन आए।'

पत्नी अपनी नकारात्मक भावनाएँ साफ करके, सिर्फ तथ्य सामने रखती है। इसी के साथ वह अपनी भावनाएँ व्यक्त करके पति से इस परिस्थिति को देखने का कोई और नज़रिया है क्या, यह भी पूछती है।

पत्नी : 'आप पिछले तीन महीनों में सिर्फ दो रविवार घर पर रहे हैं। मैं और बच्चे चाहते हैं कि हम आपके साथ रविवार का समय बिताएँ। यह मैंने दो बार आपको बताया भी है। लेकिन इसके बावजूद आप अपने मित्रों को प्राथमिकता देते हैं। ऐसे में मैं जानना चाहती हूँ कि क्या आपके इस व्यवहार का दूसरा कोई कारण है, जो मैं समझ नहीं पा रही हूँ?'

कर्मचारी अपने सह-कर्मचारी की गलती सामने लाता है और उससे इस गलत व्यवहार के बारे में सवाल पूछता है।

कर्मचारीः 'ये प्रिंटआऊट आपके निजी कार्य के हैं न? फिर ये ऑफिस के प्रिंटर से निकालना कितना सही है?'

इस तरह की कम्युनिकेशन से हम समस्या के समाधान की ओर जल्दी बढ़ पाते हैं।

जो व्यक्ति मीठे शब्दों की जगह कटु शब्द बोलता है,
वह पके फल छोड़कर कच्चे फल खाता है।

- तिरुवल्लुवर

17

तीसरा तरीकाः

मुद्दे पर अटल कैसे रहें

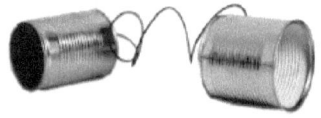

अधिकतर वार्तालाप में मुद्दे पर टिके न रह पाने की समस्या आम है। जब कई लोग मिलकर किसी विषय पर चर्चा करते हैं तब यह बात विशेष रूप से दिखाई देती है। जैसे किसी मीटिंग के लिए एक विषय तय किया जाता है लेकिन कुछ समय बाद लोग अलग ही विषय पर चर्चा करते हुए दिखाई देते हैं। फिर कोई याद दिलाता है और लोगों का ध्यान वापस मुख्य विषय पर आता है।

जब सिर्फ दो लोग एक-दूसरे से बात कर रहे हैं, तब भी यह समस्या दिखाई देती है। आपने भी स्वयं के साथ ऐसा होते हुए देखा होगा, कभी सामनेवाला मुद्दे से भटक जाता है तो कभी आप भटक जाते हैं। ऐसा क्यों होता है? इस भाग में हम अपनी उन मानसिक कमज़ोरियों को समझेंगे जो इस बात के लिए ज़िम्मेदार है। इसके साथ हम जानेंगे वार्तालाप में मुद्दे पर ध्यान बनाए रखने के लिए कौन से कदम उठाने ज़रूरी हैं।

एक उदाहरण से इस विषय की शुरुआत करते हैं। एक छोटी कंपनी में चार प्रबंधक हैं (ए.बी.सी.डी.)। ग्राहकों की

तत्कालीन समस्या का हल ढूँढ़ने के लिए उन्होंने एक मीटिंग का आयोजन किया है। उनका वार्तालाप कुछ इस तरह होता है।

ए: पिछले हफ्ते मुझे कुछ ग्राहकों से शिकायतभरे ई-मेल्स आए हैं। लगभग ग्यारह लोगों ने लिखा है, हमारे 'एक्स' प्रॉडक्ट की बैटरी में समस्या है।

सी: हाँ, कई डिस्ट्रीब्यूटर्स ने भी मुझे यह फीडबैक दिया है। दुकानदारों के पास ग्राहक आकर बैटरी के बारे में शिकायत कर रहे हैं।

डी: हाँ तो वॉरंटी के अनुसार हम उन्हें मुफ्त में बैटरी बदलकर देंगे।

ए: लेकिन नई बैटरी में भी वही समस्या आई तो?

बी: कुछ नई बैटरीज् में यह समस्या ज़रूर आ सकती है। हमने जिस कंपनी से बैटरी खरीदी है उनके प्रोडक्शन में लगभग २ से ३ प्रतिशत बैटरीज् खराब निकलती ही हैं। यह मात्रा बढ़ भी सकती है। उस कंपनी को चुनकर हमने बहुत गलत निर्णय लिया है।

डी: देखो उससे सस्ती बैटरीज् हमें कहीं मिल ही नहीं सकती थीं।

बी: लेकिन क्या फायदा हुआ? उन बैटरीज् के कारण हमारी कंपनी का नाम खराब हो रहा है।

डी: जो अच्छी क्वॉलिटी की बैटरीज् मार्केट में उपलब्ध हैं, वे हम इस्तेमाल कर ही नहीं सकते थे। उनका इस्तेमाल करके 'एक्स' बनाने में जो खर्चा आएगा उससे हम मुनाफा कमा ही नहीं पाते।

डी: देखो, हम बिजनेस कर रहे हैं। अगर हमें मुनाफा कमाना है और कंपनी को चलाना है तो 'एक्स' प्रोडक्ट की लागत (कोस्ट) कम रखने के अलावा हमारे पास कोई विकल्प नहीं है।

बी: विकल्प है, हमने उन पर काम नहीं किया है। हमारी कंपनी इतनी पुरानी है, हमारे इतने ग्राहक हैं तो हम नए प्रोडक्ट लाँच क्यों नहीं करते? उस दिशा में हम कार्य क्यों नहीं करते?

डी: देखो उसमें नई चुनौतियाँ हैं। शुरुआत में डेवलपमेंट की लागत बड़ी होगी और फिर प्रोडक्ट चलना भी चाहिए।

सी: लेकिन नए प्रोडक्ट होंगे तो हमारा सेल आसानी से बढ़ेगा।

डी: नया प्रोडक्ट लाते ही हमें जो शुरुआती प्रमोशन करना होगा, उसकी लागत कहाँ से लाएँगे?

.... (बीस मिनट नए प्रोडक्ट पर चर्चा करने के बाद)

ए: एक मिनट... इन बातों पर हम बाद में भी चर्चा कर सकते हैं। अभी हमें तुरंत यह सोचना चाहिए कि जो ग्राहक शिकायत दर्ज़ कर रहे हैं, उन्हें कम खर्च के साथ हम ऐसी क्या सेवा दें, जिससे हमारी कंपनी की इमेज खराब होने से बच जाए।

इस उदाहरण में हमने देखा कि किस तरह वार्तालाप मुख्य विषय से भटक गया और एक लंबा समय व्यर्थ चला गया। यह उदाहरण वार्तालाप में मुद्दे से भटकने के पहले कारण की ओर इशारा कर रहा है। आइए, इन कारणों को विस्तार से जानते हैं।

पहला कारण: वार्तालाप में अन्य विषयों पर ध्यान भटकना

एक स्कूल के छात्र के उदाहरण से इस कारण को समझते हैं। नौवीं कक्षा के विद्यार्थियों की स्कूल द्वारा एक पिकनिक आयोजित की जाती है। उस कक्षा का एक लड़का इस पिकनिक को लेकर बहुत उत्साहित है। लेकिन उसे डर है कि पिताजी उसे पिकनिक पर जाने के लिए मना कर देंगे।

शाम को जब पिताजी घर आते हैं तब लड़का उनके पास आकर बैठता है। वह संकोच के साथ उनसे पिकनिक पर जाने के लिए इज़ाज़त माँगता है। पिताजी उसकी बात को अनसुना करते हुए टाल देते हैं। वे विषय को बदलते हुए पूछते हैं, 'तुम्हारे स्कूल में क्या चल रहा है?' लड़का उन्हें स्कूल की बातें बताने लगता है। उसके बाद पढ़ाई की बातें होती हैं। लड़का कहता है, गर्मियों की छुट्टियों में वह छात्रवृत्ति की कुछ परिक्षाएँ भी देना चाहता है। पिताजी यह सुनकर खुश होते हैं और उसे प्रोत्साहित करते हैं। फिर टी.वी. पर क्रिकेट की न्यूज आती है और वे दोनों क्रिकेट की बातें करना शुरू करते हैं। लड़का पिताजी से कहता है, 'ये सभी खिलाड़ी जब दूसरे देश में मैच खेलने के लिए जाते हैं तब वे वहाँ घूमते-फिरते भी होंगे न?' 'उन्हें तो किसी पिकनिक पर जाने की ज़रूरत भी नहीं होती होगी।' पिताजी उसका इशारा पकड़ लेते हैं और कहते हैं, 'तुम अपने स्कूल की पिकनिक के बारे में कुछ कह रहे थे...!'

दरअसल पूरी बातचीत में लड़के का ध्यान मुख्य विषय से हटा ही नहीं था। वह पिताजी की बातों का जवाब दे रहा था, अपनी कुछ बातें बता रहा था, लेकिन वार्तालाप का मुख्य विषय उसे सदा याद था। ऐसा क्यों हुआ होगा? क्योंकि उस क्षण वार्तालाप

में आनेवाले बाकी विषयों की तुलना में पिकनिक का विषय उसके लिए बहुत ज़्यादा महत्वपूर्ण था।

अब हम वापस उन प्रबंधकों की मीटिंग की तरफ मुड़ते हैं और वहाँ क्या हुआ यह देखते हैं।

जैसे ही बैटरीज़ खराब होने की बात 'बी' के सामने आई तो उसे वह घटना याद आई, जब उन बैटरीज़ को खरीदने का निर्णय लिया गया था। बैटरीज़ के खराब होने का डर उसके अंदर तभी से था। इस घटना को 'बी' ज़्यादा महत्त्व दे देता है और सबके सामने लाता है। याद रहे, उसने जान–बूझकर सजगता के साथ विषय नहीं बदला है।

हमारे मस्तिष्क में यादें एक-दूसरे से जुड़ी हुई होती हैं। जब एक चीज़ आपके सामने आती है तब उससे जुड़ी दूसरी चीज़ आपको सहज ही याद आती है। यादों से जुड़ी भावनाएँ उन बातों को प्रखरता से सामने लाती हैं। वे भावनाएँ सकारात्मक, नकारात्मक या अति उत्साहित करनेवाली हो सकती हैं। ऐसे में यदि हमारी सजगता कम है तो हम उन भावनाओं से मानो सम्मोहित हो जाते हैं और उन्हें व्यक्त करते हैं। जब कोई हमें याद दिलाता है कि वर्तमान के क्षण में यह बात महत्वपूर्ण नहीं है तब हमें इस वास्तविकता का एहसास होता है। इन सबका तात्पर्य है कि वार्तालाप शुरू करने से पहले मुख्य विषय याद रखने का मन ही मन लिया गया छोटा सा संकल्प भी उसे याद रखने में काफी मदद कर सकता है।

अब देखते हैं उस घटना में आगे क्या हुआ। जैसे ही 'बी' उस निर्णय की आलोचना करता है, जिसमें 'डी' की सहमति थी तो 'डी' अपने बचाव में तर्क प्रस्तुत करना शुरू करता है क्योंकि अब उस निर्णय का बचाव करना 'डी' के लिए मुख्य विषय से ज़्यादा महत्वपूर्ण बन जाता है। इस तरह बातचीत अलग दिशा में चली जाती है। 'ए.' और 'सी.' उनके तर्क को सुनते रहते हैं और कुछ समय बाद उन्हें यह महसूस होता है कि वार्तालाप मुख्य विषय से भटक चुका है लेकिन तब तक काफी समय बीत जाता है।

इस तरह वार्तालाप में पहली गलती जो हमसे होती है वह है, अनजाने में अन्य विषयों को ज़्यादा महत्त्व देना। अब हम दूसरे कारण की ओर बढ़ते हैं। दूसरा कारण हमारी मल्टिस्वीचिंग की क्षमता से संबंधित है। आइए, इसे समझते हैं।

दूसरा कारणः वार्तालाप में मल्टिस्वीचिंग न कर पाना

कई बार हम लोगों को एक साथ कई कार्य सँभालते हुए देखते हैं। ऐसा लगता है,

वे एक ही समय पर कई काम यानी मल्टिटास्कींग कर रहे हैं। लेकिन क्या यह वास्तव में होता है? नहीं! इंसान का मस्तिष्क मल्टिटास्किंग नहीं कर सकता। वह एक साथ दो बातों पर नहीं सोच सकता। लेकिन वह मल्टिस्वीचिंग कर सकता है। यानी वह एक चीज़ पर सोचकर, फुर्ती से अपना ध्यान दूसरी चीज़ पर ले जा सकता है। उसके बाद वह ध्यान को वापस पहली चीज़ पर लाकर उस पर सोच सकता है। यह क्षमता अभ्यास से बढ़ाई जा सकती है। यह आपके ध्यान का प्रशिक्षण है। जितना आपका अभ्यास अधिक होगा, आप उतनी ज़्यादा बातों पर ध्यान दौड़ा सकते हैं और ज़्यादा तेज़ी से दौड़ा सकते हैं। देखनेवाले को तो यही लगेगा कि आप एक साथ कई कार्य कर रहे हैं।

वार्तालाप में मुद्दे पर बने रहने के लिए आपको मल्टिस्वीचिंग की तकनीक का इस्तेमाल करना सीखना है। किसी मीटिंग में जब मुख्य विषय से संबंधित कई नए विषय सामने आते हैं, तब यह तकनीक बहुत उपयोगी सिद्ध होती है। ऐसी मीटिंग में उन अन्य विषयों पर चर्चा करना ज़रूरी भी होता है लेकिन उनकी ज़्यादा गहराई में जाकर आप मुख्य विषय से दूर भी जा सकते हो। ऐसे समय पर नए विषयों को कितना महत्त्व या समय दें, यह किसी को पक्का पता नहीं होता। इसलिए आपको सामने आनेवाले विषय पर सोचते हुए बार-बार अपना ध्यान मुख्य विषय पर लाना होता है ताकि बातचीत सही दिशा में चल रही है यह आप सुनिश्चित कर सकें।

अगर आप सजगता के साथ यह अभ्यास करेंगे तो समय के साथ यह आसान होते जाएगा। कुछ समय बाद आपको वार्तालाप का मुख्य विषय याद करने के लिए प्रयास नहीं करना पड़ेगा, वह सहज ही आपको बार-बार याद आएगा। जब वार्तालाप मुख्य विषय से भटकने लगेगा तो यह बात आपको अंदर से अखरेगी। सजगता के साथ निरंतर अभ्यास करके आप मल्टिस्वीचिंग की क्षमता बढ़ा सकते हैं।

तीसरा कारण: वार्तालाप की सीमाएँ पता न होना

तीसरा कारण तब सामने आता है, जब परिस्थिति थोड़ी जटिल हो जाती है। जैसे आप किसी के लिए सलाहकार की भूमिका निभा रहे हों और सामनेवाला अपनी सभी समस्याएँ आपको बताना शुरू करता है। ऐसे समय पर कई बार आप वार्तालाप में उचित सीमा निर्धारित नहीं कर पाते या उसे पहचान नहीं पाते। जिसके परिणामस्वरूप आप मुख्य मुद्दे से भटक जाते हैं या वार्तालाप में तय किया गया उद्देश्य प्राप्त नहीं हो पाता। निम्नलिखित दो उदाहरणों से इसे समझते हैं।

वार्तालाप का पहला तरीका : उदाहरण १

एक कर्मचारी (सुरेश) ऑफिस में हमेशा देरी से आता है। बॉस उसकी इस आदत से परेशान हो चुका है। ऐसे ही एक दिन बॉस सुबह मीटिंग बुलाता है और सुरेश फिर से लेट आता है। मीटिंग के बाद बॉस सुरेश को अपने केबीन में बुलाता है। अब बॉस की आदत है कि वह कर्मचारियों को सपोर्ट करते हुए उन्हें हमेशा सकारात्मक तरीके से प्रेरित करने का प्रयास करता है। देखते हैं उनका वार्तालाप कैसे होता है।

बॉस: 'सुरेश, तुम रोज़ लेट क्यों पहुँचते हो? तुम्हें दो बार वॉर्निंग भी मिल चुकी है।'

सुरेश: 'सर मेरा घर यहाँ से बहुत दूर है, मैं बस से आता हूँ इसलिए अकसर ट्रैफिक की वजह से देर हो जाती है।'

बॉस: 'फिर तुम गाड़ी क्यों नहीं खरीद लेते। चाहे तो मैं तुम्हें ऑफिस से लोन दिलवा सकता हूँ।'

सुरेश: 'सर, इसके अलावा हमारे घर में नौ लोग हैं जो सुबह कॉलेज या ऑफिस के लिए तैयार होते हैं। इसलिए भी रोज़ लेट हो जाता हूँ।'

बॉस: 'तुम बड़ा घर क्यों नहीं लेते, एक जगह पर मेरी पहचान है, तुम वहाँ कोशिश करो या अपने घर में एक और बाथरूम बनवा लो' इत्यादि।

सुरेश: 'सर, पैसों की भी समस्या है। अगर आप मेरे छोटे भाई को नौकरी दिलवा दें तो अच्छा होगा।'

बॉस: 'अच्छा! तुम्हारे भाई का क्वालिफिकेशन क्या है?'

सुरेश: 'सर, उसका ग्रॅज्युएशन हुआ है और कंप्यूटर का एक बेसिक कोर्स भी उसने किया है।'

बॉस: 'अच्छा ठीक है, मैं देखता हूँ। कुछ पता चले तो तुम्हें बताता हूँ।

सुरेश: ज़रूर सर। शुक्रिया!

उदाहरण २

मालकिन : तुम बर्तन ठीक से नहीं धो रही हो।

नौकरानी : हाथ में दर्द है, कल बर्तन धोते हुए कट गया था ।

मालकिन : अरे, डॉक्टर को दिखाया या नहीं?

नौकरानी : पति नहीं जाने देता, कहता है कि पैसे खर्च होंगे।

मालकिन : पैसे ज़रूरी हैं या तुम्हारी सेहत?

नौकरानी : क्या करूँ परेशान हूँ, उनके स्वभाव की वजह से।

मालकिन : बुलाओ उसको मैं बात करती हूँ

नौकरानी : वह नहीं आएगा।

मालकिन : तो मैं तुम्हारे साथ तुम्हारे घर चलती हूँ।

इन दोनों उदाहरणों में नतीजा क्या आया आप देख सकते हैं। जिस मुद्दे के लिए वार्तालाप शुरू किया था, वह मुद्दा बाजू में रह गया।

किसी की व्यक्तिगत स्तर पर मदद करना गलत नहीं है लेकिन यह देखना भी ज़रूरी है कि क्या आप यह सजगता के साथ कर रहे हैं? क्योंकि कई लोगों को बहुत समय व्यर्थ गँवाने के बाद यह स्पष्ट होता है कि उन्हें दरअसल दूसरे इंसान के व्यक्तिगत जीवन में दखल देने की ज़रूरत ही नहीं थी। क्योंकि ऐसी समस्याओं पर अकसर दूसरे लोगों का नियंत्रण नहीं होता है। कुछ लोगों को वार्तालाप समाप्त होते ही यह महसूस होता है कि उन्होंने बेवजह दूसरे की समस्या गले में बाँध ली क्योंकि वार्तालाप शुरू करते वक्त यह उनका उद्देश्य था ही नहीं, वे तो गलती से वार्तालाप में मुद्दे से भटक गए थे।

इसके लिए ज़रूरी है किसी भी रिश्ते, घटना, परिस्थिति में आपको अपनी सीमाएँ पहले ही स्पष्ट हों। अगर आपको अपनी सीमाएँ स्पष्ट नहीं हैं तो ऐसा आपके साथ बार-बार हो सकता है। जब आपको अपनी सीमाएँ स्पष्ट होती हैं तब वार्तालाप थोड़ा भी सीमा के बाहर गया तो यह बात आपको अंदर से अखरती है।

सीमाएँ तय करने के बाद जब आप दूसरों को सलाह, प्रेरणा या मार्गदर्शन देने का कार्य शुरू करेंगे तब आपको वार्तालाप का मुख्य विषय और उससे संबंधित मार्गदर्शन, इन दो बातों पर ही चर्चा करनी चाहिए। जैसे ही वार्तालाप आपकी तय की गई सीमाओं से बाहर जाने लगे तो आप वापस उसे मुख्य विषय पर ला सकते हैं।

अगर इंसान को अपनी सीमाएँ स्पष्ट हैं तो ऊपर लिखित वार्तालाप कैसे हो सकता है, यह देखते हैं।

वार्तालाप का दूसरा तरीका : उदाहरण १

बॉस: तुम रोज़ लेट क्यों पहुँचते हो। तुम्हें दो बार वॉर्निंग भी मिल चुकी है।'

सुरेश: 'सर मेरा घर यहाँ से बहुत दूर है, मैं बस से आता हूँ इसलिए अकसर ट्रैफिक की वजह से देर हो जाती है।'

बॉस: फिर तुम घर से जल्दी निकला करो या एक बाईक खरीद लो। इस समस्या का कोई स्थाई हल ढूँढ़ लो। तुम्हें पता है, तुम्हारे रोज़ देर से आने से तुम्हारे साथ-साथ बाकी लोगों के कार्य पर भी असर होता है। ऐसा कब तक चलेगा? इस तरह हम कार्य नहीं कर पाएँगे।

सुरेश: जी सर। मैं समझता हूँ। मुझे एक हफ्ते का समय दीजिए मैं कोई न कोई हल ढूँढ़ लेता हूँ।

बॉस: ठीक है।

उदाहरण २

मालकिन : तुम बर्तन ठीक से नहीं धो रही।

नौकरानी : हाथ में दर्द है, कल बर्तन धोते हुए कट गया था।

मालकिन : ओह! मैं तुम्हारे लिए बॅन्डेज लेकर आती हूँ। मगर तुम कल तक दवाई ले लेना और हाथ ठीक होते ही बर्तन को अच्छे से धो लेना।

आइए, अब कुछ महत्वपूर्ण कदमों को जानते हैं।

१. किसी भी मीटिंग से पहले पूरे संघ को या स्वयं को याद दिलाएँ कि वार्तालाप का मुख्य विषय क्या होगा और सभी को सिर्फ उसी विषय पर चर्चा करनी है।

२. अगर एक से ज़्यादा विषयों पर बातचीत करनी है तो मीटिंग का अजेंडा बनाकर किस विषय को कितना समय देना है, यह पहले ही सुनिश्चित किया जाए।

३. वार्तालाप के दौरान आपको मुख्य विषय से अलग कोई महत्वपूर्ण बात याद आए तो मीटिंग का प्रवाह न रोकते हुए, आप उसे लिखकर रख सकते हैं। यह सुझाव मीटिंग से पहले सभी को भी दिया जा सकता है।

४. अगर सामनेवाला वार्तालाप में नए विषय पर बात करना शुरू करता है तो संयम और एकाग्रता के साथ सुनते रहें कि यह नया विषय मुख्य विषय से संबंधित है

क्या?

- अगर नहीं है तो आप उसे आदरयुक्त तरीके से मुख्य विषय पर बने रहने के लिए सूचित कर सकते हैं।
- अगर इसका संबंध मुख्य विषय के साथ है तो आप मल्टिस्वीचिंग का कार्य शुरू कर सकते हैं।

५. कोई एक इंसान ज़िम्मेदारी लेकर पूरी मीटिंग में यह सुनिश्चित कर सकता है कि मीटिंग तय किए गए अजेंडा के अनुसार चल रही है।

६. अपने व्यक्तिगत तथा व्यवहारिक रिश्ते और परिस्थितियों को समझते हुए अपनी सीमाओं को तय करें।

हो सकता है, इन सभी बातों का खयाल रखने के बाद भी आप पाएँ कि आप मुद्दे से भटक जाते हैं। ऐसा होने पर आपको अपने विचारों में वार्तालाप को उलटी दिशा में याद करते हुए उस पहली गलती को याद करने का प्रयास करना है, जहाँ से आप मुद्दे से भटक गए थे। आइए, इसे एक उदाहरण से समझते हैं।

आप किसी झील के किनारे बैठे कुदरत को निहार रहे हैं। झील में कोई बदक तैर रही है। उसे देखकर पहला विचार आया कि 'कुदरत के सान्निध्य में इतना अच्छा लग रहा है कि मुझे त्राटक करना चाहिए।' इस विचार के बाद आप बदक को निहारने लगे, बदक पानी में तैर रही है... पानी में कुछ पत्ते भी तैर रहे हैं... ये पत्ते तो बेल पत्र की तरह दिख रहे हैं... बेलपत्र तो शिवरात्रि में शिवलिंग पर चढ़ाते हैं... पिछली शिवरात्री पर मंदिर में एक बौना इंसान शिवलिंग पर दूध चढ़ाना चाह रहा था लेकिन छोटे कद की वजह से चढ़ा नहीं पा रहा था... फिर उसके लिए कुर्सी मँगाई गई... उस कुर्सी पर खड़े होकर उसने शिवलिंग पर दूध चढ़ाया... फाइव स्टार होटल में कुर्सियाँ कितनी आरामदायी होती हैं... फलाँ फाइव स्टार होटल में जब गया था तो वहाँ एकदम राजाओं की तरह मेरे साथ व्यवहार किया गया था... स्वागत किया गया था... आव-भगत की गई थी... वहाँ हर तरह की व्यवस्थाएँ थीं... कमी थी तो सिर्फ हाथी की... हाथी होता तो ऐसे लगता कि सचमुच मैं राजा ही हूँ... हाथी तो केरला में बहुत सारे होते हैं... वहाँ किसी भी उत्सव में हाथियों का बड़ा योगदान होता है... सजे-धजे हाथी सूँड में झंडा पकड़कर बड़े शान से चलते हैं... २६ जनवरी, १५ अगस्त को मैंने झंडा वंदन मनाया था...। इस तरह विचारों

की श्रृंखला ही चल पड़ती है और आप मुख्य मुद्दे से भटक जाते हैं।

जब भी आप अपने मुद्दे से भटक जाते हैं तब आपको आगे दिया गया अभ्यास करना है। जिसमें सबसे पहले आपको आखिरी विचार को लेकर खुद से पूछना है, 'यह झंडा वंदन कहाँ से आया? हाथी से। हाथी कहाँ से आया? फाइव स्टार होटल से। फाइव स्टार होटल की कुर्सी कहाँ से आई? बौने इंसान से। बौना इंसान कहाँ से आया? शिवरात्रि से। शिवरात्रि कहाँ से आई? बेलपत्र से। बेलपत्र कहाँ से आया? बदक से। बदक कहाँ से आई? त्राटक से। इस तरह उलटी दिशा में जाते हुए पहले विचार तक पहुँचना है।

यह अभ्यास आपकी सजगता बढ़ाएगा। वार्तालाप की पूरी श्रृंखला आपको हमेशा याद आए यह ज़रूरी नहीं है। लेकिन इस प्रयास के साथ आपकी सजगता बढ़ते जाएगी। यह सजगता अगली बार आपको मुख्य मुद्दे पर बने रहने में मदद करेगी।

शब्दों में मंत्र की शक्ति है, लेकिन जब आप शब्दों का इस्तेमाल गाली, चुगली, निंदा और कपट के लिए करते हैं, तब उनमें से शक्ति खत्म हो जाती है।

-सरश्री

18

चौथा तरीकाः
'ना' कैसे कहा जाए

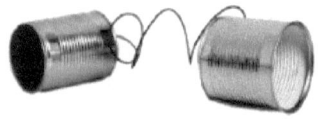

किसी को 'ना' बोलना और किसी से 'ना' सुनना दोनों ही मुश्किल बातें हैं। क्योंकि किसी से 'ना' सुनते ही इंसान के अहंकार को ठेस पहुँचती है और किसी को 'ना' कहते हुए अनायास ही वह असुविधाजनक महसूस करता है। इसलिए अधिकतर लोग किसी को 'ना' नहीं बोल पाते, भले ही इसके चक्कर में उन्हें कितनी भी दिक्कत क्यों न झेलनी पड़े।

यह स्थिति ज़्यादातर व्यावसायिक क्षेत्रों में बॉस और कर्मचारी के बीच देखने को मिलती है। जैसे कोई कर्मचारी जानता है कि बॉस ने जो कार्य दिया है, उसे उनके तरीके से न करते हुए, यदि दूसरे तरीके से किया जाए तो समय की बचत होगी और क्वॉलिटी भी अधिक मिलेगी। परंतु 'बॉस नाराज़ न हो जाएँ... मुझे गलत न समझ लें...' यह सोचकर वह बॉस को मना नहीं कर पाता और चुपचाप कार्य करता है।

कई बार कंपनी को चलानेवाला या ऊँचे पद पर कार्य करनेवाला अधिकारी अपने अनुभव एवं सफलता पर इतना गर्व करता है कि वह लोगों से 'ना' सुनना ही

नहीं चाहता। अधिकतर सफल लोगों के अंदर 'मैं हमेशा सही हूँ' का अवगुण आ ही जाता है। अगर कोई व्यवसायी हमेशा अपने आपको सही मानता हो तो उसके कर्मचारी कभी उससे अपनी असहमति दर्शा नहीं पाते। कंपनी के सभी कर्मचारी धीरे-धीरे यह समझ जाते हैं कि 'नो बॉस' बोलना उनके लिए हानिकारक हो सकता है। इसलिए वे यस बॉस... यस बॉस ही बोलते रहते हैं। परिणामस्वरूप उसकी टीम काबिल, कार्यकुशल, रचनात्मक लोगों की बजाय ऐसे लोगों से भर जाती है, जो केवल अपने बॉस की 'हाँ जी-हाँ जी' करते फिरते हैं।

हर सफल उद्यमी को अपने साथ कार्य करनेवाले को समझना होगा। यदि वे अपने बॉस में कुछ खामियाँ देख रहे हैं या सिस्टम में कुछ बदलाव चाहते हैं तो उन्हें खुले मन से बोलने का मौका मिलना चाहिए। वरना कर्मचारी यदि यह सोचकर न बताए कि 'बॉस तो हमारी सुनते ही नहीं इसलिए उन्हें बताकर क्या लाभ?' तो इसमें कंपनी का बड़े पैमाने पर नुकसान भी हो सकता है। इस परिस्थिति से बचने के लिए कर्मचारी की बात सुनना कहीं अधिक लाभदायक है। अन्यथा कंपनी का विकास धीमा हो जाएगा और सफलता या असफलता केवल उद्यमी पर ही निर्भर रहेगी।

कभी-कभी आदतवश या परिस्थितिवश कर्मचारी भी बॉस को 'ना' बोलने की हिम्मत नहीं जुटा पाते और मज़बूरी में हर समय 'हाँ' ही बोलते रहते हैं। जबकि वे जानते हैं, यह नहीं होनेवाला है, फिर भी 'ना' नहीं कहते क्योंकि उन्होंने यह मान लिया है कि सामने बॉस है और उन्हें केवल 'हाँ' ही कहना है। मगर क्या यह किसी कंपनी के रूल-बुक में लिखा है कि हर काम के लिए 'हाँ' ही बोलना है। ऐसा नहीं है, कर्मचारी को सही तरीके से 'ना' बोलने की कला सीखनी होगी।

'ना' न कह पाने की समस्या सिर्फ बॉस के साथ ही नहीं होती। कई लोग अपने सहकर्मचारी, मित्र या रिश्तेदारों के साथ भी यह दिक्कत महसूस करते हैं। वे कई बार शर्म, लिहाज़ या अच्छे दिखने की वृत्ति के कारण सामनेवाले को 'हाँ' कहते हैं। फिर परेशानी आने के बाद 'कार्य क्यों लिया' इस पर पछताते हैं और दुःखी, परेशान होकर, कम क्वॉलिटी देकर उसे पूरा करते हैं।

आपको ईमानदारी से सोचना होगा कि ऐसे कौन से लोग हैं, जिन्हें आपको 'ना' बोलना कठिन लगता है? और कब आप 'हाँ' बोलकर दुःखी या गिल्ट में रहते हैं? ऐसे लोग सामने आने पर मनन करें कि क्या ऐसा कोई मार्ग है, जिसमें 'हाँ' भी बोलें और अपराधबोध की भावना में भी न रहें। मनन करने से आपको 'ना' कहने के नए रास्ते मिलेंगे।

जैसे आप कह सकते हैं, 'जब तक यह कार्य करने के सारे इनपुट्स मुझे स्पष्ट तरीके से नहीं मिलते तब तक मैं यह कार्य शुरू नहीं कर पाऊँगा।' ऐसा कह देने से स्थिति स्पष्ट हो जाती है और आप वह कार्य बिना तनाव के कर पाएँगे और सामनेवाले को बुरा भी नहीं लगेगा।

इसी तरह हम अपने रिश्तों में भी 'ना' न कह पाने की वजह से परेशान रहते हैं। जैसे कई बार ऐसा होता है कि आपका एक मित्र आपसे आपकी गाड़ी की चाभी माँगता है। आप जानते हैं कि उसे कुछ खास काम नहीं है, सिर्फ यहाँ-वहाँ घूमने के लिए माँग रहा है। आप मन में विचार करते हैं कि इसे चाभी देना तो नहीं चाहता पर क्या करूँ? आप उसे 'ना' नहीं कह पाते और उसके हाथ में चाभी दे देते हैं। फिर क्या होता है कि वह गाड़ी लेकर, खूब घूमकर, उसका पूरा पेट्रोल खतम करके गाड़ी वापस देता है। आपको बुरा लगता है मगर मित्र है इसलिए कुछ कह भी नहीं पाते। जबकि यदि आपको ना कहना आता तो आप उसे स्पष्ट शब्दों में बता पाते 'मुझे माफ करना पर मैं तुम्हें अपनी गाड़ी नहीं दे सकता।'

इसी तरह कुछ लोग (रिश्तेदार, मित्र, पड़ोसी) यदि आपसे कीमती चीज़ें, कपड़े, गहने या पैसे माँगें तो आप सोचते हैं कि मना कर देंगे तो रिश्ता टूट जाएगा। किंतु एक पल रुककर ज़रा सोचें– जो रिश्ता कुछ देने पर ही कायम रहता है और नहीं देने पर टूट जाता है, क्या वह प्रेमभरा, आदरयुक्त रिश्ता है?

आप सोचते हैं कि लोगों की मदद करके आप उनका भला कर रहे हैं पर यह केवल आपका भ्रम है। जिस काम को आप न चाहते हुए भी कर रहे हैं, इसका अर्थ है सामनेवाले से सही कम्युनिकेशन नहीं हुआ है। ऐसी स्थिति में खुद दुःखी रहकर 'हाँ' कहने से किसी का भी लाभ नहीं होनेवाला है। आप खुश रहेंगे तो ही दूसरों को खुश रख पाएँगे। इसलिए कम से कम तब 'ना' कहना सीखें, जब आपको परेशानी हो रही हो। इसी के साथ 'ना' कहने के बेहतर तरीके पर भी सोचें, जिससे आपकी बुद्धि का व्यायाम होगा, सामनेवाले को बुरा भी नहीं लगेगा और आपका उद्देश्य सफल होगा।

'ना' कहने के बेहतर तरीके

ये तरीके केवल तभी इस्तेमाल करें जब वाकई 'ना' कहने की आवश्यकता हो। इन्हें बहानों के रूप में इस्तेमाल न करें।

▶ कृपया मुझे थोड़ा सोचने का समय दें, मैं अपना जवाब जल्द ही भेज दूँगा।

- मैं नया काम लूँगा तो पहले दो कार्यों के लिए पर्याप्त समय नहीं बचेगा। आपके अनुसार इन तीन कामों में से किसे मैं ज़्यादा प्राथमिकता देकर पूरा करूँ?
- मैं आपके कार्यक्रम में बात नहीं कर सकता लेकिन मैं इसे अपने ब्लॉग पर प्रसारित करने में आपकी सहायता ज़रूर कर सकता हूँ।
- आपने मेरे बारे में सोचा, उसके लिए धन्यवाद लेकिन मेरे काम की सूची देखकर मुझे नहीं लगता कि मैं आपके प्रोग्राम में आ पाऊँगा क्योंकि उस दिन आज की तुलना में अधिक व्यस्त हूँ।
- मैंने संबंधित व्यक्ति (डॉक्टर, बॉस, रिश्तेदार पति इत्यादि) से वादा किया था कि मैं अभी और कोई प्रोजेक्ट नहीं लूँगी और जीवन के सभी स्तरों पर संतुलन बनाए रखने पर ध्यान दूँगी।
- आमंत्रण के लिए बहुत-बहुत धन्यवाद पर उस दिन मेरे बेटे का फाइनल क्रिकेट मैच है, उसे मेरी ज़रूरत है इसलिए मैं उसके साथ रहना चाहती हूँ।
- यदि समय रहा तो मैं कोशिश करूँगा मगर अभी यह कार्य नहीं ले सकता, क्षमा करें।
- मेरा परिवार मुझसे निराश और नाराज़ होगा, अगर मैं एक और ज़िम्मेदारी लेता हूँ। इसलिए कृपया मुझे क्षमा करें।
- मुझे आपको मदद करना अच्छा लगेगा लेकिन मुझे शंका है कि मैं इसके लिए उतना समय निकाल पाऊँगा या नहीं।
- मैं 'नहीं' कहना नहीं चाहता लेकिन मुझे 'नहीं' कहना होगा।
- आपने मुझे गलत समय पर पकड़ा, मैं वाकई आपकी मदद करने में सक्षम नहीं हूँ।
- अगर मैंने हाँ कहा तो मुझे डर है कि मैं तुम्हारे भरोसे पर खरा नहीं उतरूँगा इसलिए माफ करें।
- नहीं, धन्यवाद। यह मेरे शेड्यूल में फिट नहीं बैठता।
- इस कार्य के लिए मैं सही व्यक्ति नहीं हूँ।
- ठीक है लेकिन मैंने अभी तक इसके बारे में सोचा नहीं है। क्या हम इस पर अगले महीने बात करें।

- दरअसल मैं आपके परिवार के सदस्य को बहुत अच्छी तरह से नहीं जानता इसलिए मैं उनके बारे में कोई राय नहीं दे सकता।
- यह निर्णय देने के लिए मैं राइट पर्सन नहीं हूँ। कृपया मुझे समय दें, मैं अपने अधिकारी को पूछकर आपको फोन करता हूँ।
- यह शो किसी और के लिए एक महान अवसर हो सकता है लेकिन मेरे अनुरूप नहीं है। मुझे आशा है कि इसके लिए आप किसी और को मना लेंगे।
- मेरे पास उधार देने के लिए अतिरिक्त पैसे नहीं हैं, अगर होते तो मैं ज़रूर देता।
- स्कूल के दौरान तुम रात को अपने दोस्त के घर नहीं रुक सकते। मैं चाहती हूँ कि तुम अगले दिन क्लास में तरोताज़ा होकर जाओ। मुझे पता है कि मेरे इस निर्णय से तुम निराश हो लेकिन छुट्टियों में तुम उसके यहाँ रात बिताने की सोच सकते हो।
- मैं वाकई चाहती हूँ कि इस सप्ताह आपके बच्चे की देखभाल करूँ लेकिन माफ करें, मुझे वास्तव में एक महत्वपूर्ण काम है। साथ ही पारिवारिक ज़िम्मेदारी भी है।
- मैं आपके निर्णय का आदर करता हूँ लेकिन मैं इस कार्य की ज़िम्मेदारी इस समय नहीं ले सकता।

इस 'ना' कहने की कला का उपयोग बहाने देने के लिए न करें बल्कि ऐसे समय पर करें जहाँ वाकई 'ना' कहने की आवश्यकता है। जैसे यदि आपके पास करने के लिए बहुत ज़रूरी कार्य है, आप और कोई कार्य ले नहीं सकते। ऐसे समय पर 'ना' कहना आवश्यक हो जाता है। यह कला आपको ऐसे समय पर उपयोग में लानी है। परंतु इसका अर्थ यह नहीं कि हम बेरूखी से 'ना' कहें। हमें प्रेम व आदर से 'ना' कहना चाहिए।

मुझे भाषा के जादू पर पूरा भरोसा है, क्योंकि बचपन में ही मुझे पता चल गया था कि कुछ शब्द मुझे परेशानी में डालते हैं और कुछ परेशानी से बाहर निकालते हैं।

-कैथरीन डन

19

पाँचवाँ तरीकाः

कठिन वार्तालाप कैसे करें

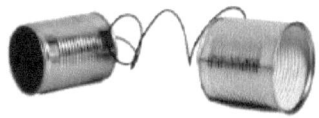

किसी भी कठिन वार्तालाप के समय इंसान से कौन सी गलतियाँ हो सकती हैं, जिससे उसका कम्युनिकेशन असफल हो सकता है? इस विषय की तरफ बढ़ने से पहले, आइए, समझते हैं कठिन वार्तालाप की परिस्थितियाँ कैसी होती हैं।

- जब आप सामनेवाले को नकारात्मक फीडबैक देना चाहते हैं और वह इसे सुनने या स्वीकार करने के लिए तैयार नहीं है। वह वार्तालाप के शुरुआत में ही विरोध प्रकट करता है।

- जब वार्तालाप के दौरान किसी विषय पर आपका और सामनेवाले का दृष्टिकोण बिलकुल विपरीत है।

- जब आप और सामनेवाला वार्तालाप से दो अलग परिणाम चाहते हैं।

- जब किसी मामले से बहुत सारी भावनाएँ जुड़ी हों, जैसे एक ही बच्चे की दो माताओं के बीच संवाद या चर्चा, जिसमें से एक माँ ने पहले अपना बच्चा किसी संबंधी

महिला को दे दिया और अब वह उससे अपना बच्चा वापस लेना चाहती है।

- जब आप कुछ ऐसा कर रहे हों जो सामनेवाले को मानसिक, सामाजिक या आर्थिक रूप से प्रभावित कर रहा हो। जैसे जब आप किसी को नौकरी से निकाल रहे हों।

- जब सामनेवाला इतना दुःखी हो कि वह अपनी कुंठा आप पर निकालना चाह रहा हो।

ऐसी परिस्थितियों में जब आपको वार्तालाप करना हो तब वह कठिन और चुनौतीभरा हो सकता है। ऐसे वार्तालाप में सामनेवाला आपसे या आप सामनेवाले से कुछ ऐसी बातें कह सकते हैं, जो आप दोनों सुनना पसंद न करें। इसलिए पहली खबरदारी यह रखें कि ऐसा वार्तालाप आप उस इंसान के साथ अकेले में ही करने का प्रयास करें।

अब हम कठिन वार्तालाप के मुख्य मुद्दों को समझने का प्रयास करते हैं, जो आपके वार्तालाप के लिए आवश्यक हैं।

१. कम्युनिकेशन की सही तैयारी करना

किसी भी कठिन वार्तालाप की जब हम तैयारी करने की सोचते हैं तो ज़्यादातर लोग एक ही कार्य करते हैं– वे सामनेवाले को जो बातें कहना चाहते हैं, उन बातों को अपनी कल्पना में सैकड़ों बार दोहराते हैं। मगर कुछ समय बाद वे चाहकर भी यह दिमागी बड़बड़ रोक नहीं पाते। ऐसा करके दरअसल वे स्वयं को सच्चाई से दूर ले जाते हैं। इसलिए ज़रूरी है कि आप समय निर्धारित करके, सच्चाई से संबंधित तथ्य और तर्क के साथ तैयारी करने का प्रयास करें। इस तैयारी के बाद जब कम्युनिकेशन शुरू होगा तब अपने हृदय को उस क्षण की परिस्थिति के लिए खुला रखें।

तथ्य तथा तर्क के स्तर पर आप स्वयं से निम्नलिखित चार प्रश्न पूछकर तैयारी कर सकते हैं।

▶ **लक्ष्य से जुड़ा प्रश्न :** आप कौन सा परिणाम पाना चाहते हैं? क्या आपके मन में कोई अवचेतन इच्छाएँ हैं? सामनेवाला कौन सा नतीजा पाना चाहता है? क्या उसके मन में कोई ऐसी बात हो सकती है, जिसे वह छिपाना चाहता हो? ये बातें प्रकाश में आना बेहद ज़रूरी हैं। क्योंकि जब तक दोनों की चाहतें या लक्ष्य स्पष्ट

नहीं होते तब तक किसी सामाईक लक्ष्य को बनाने का प्रयास शुरू ही नहीं हो सकता। इसलिए स्वयं ईमानदारी से मनन करके अपनी इच्छाएँ प्रकाश में लाएँ और सामनेवाले की इच्छाओं को परखने का प्रयास करें।

▶ **पूर्व अनुमान से जुड़ा प्रश्न :** सामनेवाले के मन में आपके या आपके हालात के लिए क्या पूर्वानुमान हो सकता है, इसे जाँचें। वरना कई बार लोग वार्तालाप से पहले ही कुछ धारणाएँ या गलतफहमियाँ लेकर आते हैं। इन बातों के लिए अगर आप पहले ही सजग हैं तो वार्तालाप के दौरान होनेवाली गलतफहमी से बचा जा सकता है। अगर उन धारणाओं के कारण सामनेवाले इंसान में सुरक्षा की भावना कम हुई है तो उचित कदम उठाकर आप उस भावना को पुनःस्थापित करने का प्रयास कर सकते हैं।

▶ **रवैए (एटीट्यूड) से जुड़ा प्रश्न :** वार्तालाप में आपका या सामनेवाले का रवैया कैसा हो सकता है? इस प्रश्न पर मनन करके आप संभावित गलतियों को रोक सकते हैं। उदाहरण के लिए आपको चिल्लाना पसंद नहीं और सामनेवाला चिल्लाता है। यह देखकर आप उसकी बातें और दृष्टिकोण सही होने के बावजूद उन्हें नज़रअंदाज़ करते हैं और पूरा ध्यान उसके आक्रमक स्वभाव पर रखकर उसे गलत मान लेते हैं। इस तरह उसकी पूरी बात सुनने के बजाय आप उसका विरोध करते हैं। आपका यह रवैया वार्तालाप को गलत दिशा में ले जा सकता है और वार्तालाप असफल हो सकता है।

▶ **विरोधी दृष्टिकोण से जुड़ा प्रश्न :** जब आपको वार्तालाप के विषय पर दोनों का दृष्टिकोण पता है तब सामनेवाले को आपकी बात के लिए या आपको सामनेवाले की बात के लिए क्या आपत्ति हो सकती है, इस पर आप पहले ही मनन कर सकते हैं। इसी के साथ उन आपत्तियों का हल तार्किक और भावनात्मक स्तर पर क्या हो सकता है, इस पर भी मनन करके दोनों तैयार रह सकते हैं।

२. ध्यान से शुरुआत करना

मीटिंग आरंभ होने से कुछ मिनट पहले मन को विश्राम अवस्था में ले जाएँ। मन में जो विचार चल रहे हैं, उनका गौर से निरीक्षण करें। कुछ क्षण ध्यान का अभ्यास करते हुए मन को हृदय (तेजस्थान) से तालमेल स्थापित करने का मौका दें। इस तरह मौन में एक डुबकी लगाकर मीटिंग की शुरुआत करें।

३. वार्तालाप को न टालते हुए, सही शुरुआत करना

कई बार लोगों को बात आरंभ करने में ही परेशानी होती है। वे ऐसे वार्तालाप को तब तक टालते रहते हैं, जब तक ऐसा करना संभव हो सकता है। ऐसा करके अकसर आपका अमूल्य समय नष्ट हो जाता है और कई बार अति तक गए हुए हालात के कारण आपको नुकसान उठाना पड़ सकता है। निम्नलिखित कुछ तरीकों का इस्तेमाल करके आप वार्तालाप का आरंभ कर सकते हैं :

– शायद .... इस बारे में हमारे विचार अलग हैं। मैं जानना चाहूँगा कि तुम क्या महसूस करते हो?

– मैं देखना चाहता हूँ कि क्या हम दोनों .... इस मामले में किसी बेहतर समझ तक आ सकते हैं? मैं इस बारे में तुम्हारी भावनाएँ समझना चाहता हूँ और अपनी भावनाएँ तुम्हारे साथ बाँटना चाहूँगा।

– मैं .... के बारे में बात करना चाहूँगा। हो सकता है कि हम .... इस बारे में अलग विचार रखते हों।

एक सादा सा (फोन से) लिखित संदेश दे सकते हैं, जैसे 'क्या हम इस बारे में बात कर सकते हैं ताकि इसे अच्छी तरह समझ सकें?' इस तरह आपका वार्तालाप आरंभ हो सकता है।

४. हर हाल में योजना से जुड़े रहने का प्रयास

ऊपर बताए गए प्रश्नों पर मनन करके सिल-सिलेवार तरीके से चलना अच्छी बात है। पर आपको वार्तालाप के किसी तयशुदा ढाँचे से जुड़े नहीं रहना चाहिए। बातचीत के दौरान आपको और भी नई बातें पता लगेंगी। अगर वे बातें वार्तालाप के विषय के लिए महत्वपूर्ण हैं तो आपको अपने तय किए हुए ढाँचे को छोड़ना चाहिए। ऐसा होने पर यह न सोचें कि आपकी योजना पटरी से उतर रही है क्योंकि अकसर वार्तालाप में नई बातें सामने आती हैं और आपको प्रवाह के साथ नई दिशा में आगे बढ़ना पड़ता है। इस परिस्थिति के लिए सदा मानसिक रूप से तैयार रहें।

५. तर्क और भावों का सही तालमेल रखना

अधिकतर लोग अकसर तार्किक बातें करते हैं और बातचीत के दौरान सिर्फ तर्क ही प्रस्तुत करते हैं। इसके विपरीत कुछ लोग केवल भावनाओं की बात करते हैं।

आपको इन दोनों का प्रयोग कर, दोनों में संतुलन साधना होगा। जैसा कि ग्रीक कहते हैं, 'बातचीत के दौरान लोगोस (तर्क) और पाथोस (भावना) दोनों का प्रयोग करना चाहिए।' अगर आप तार्किक हैं तो आपके भीतर सहजता से भाव नहीं आएँगे। भले ही आप भावनात्मक रूप से कुछ न कर सकें किंतु अपने और सामनेवाले के भावों को मौखिक रूप से प्रकट होने दें। जैसे, 'मैं देख सकता हूँ कि आप इस काम के लिए व्याकुल हैं' या 'मैं आपको बताना चाहता हूँ कि मैं इस-इस वजह से कुंठित हूँ।' अगर आप भावुक हैं और आसानी से तर्क नहीं समझते तो बातों को इस तरह कहें; पहली बात, दूसरी बात, तीसरी बात आदि।

६. कई मीटिंग्स की तैयारी रखना

अकसर लोग यह मान लेते हैं कि मीटिंग एक बार में ही पूरी हो जाएगी और यही उनकी सबसे बड़ी भूल होती है। हम अकसर सब कुछ एक ही मीटिंग के हिसाब से पूरा करने की तैयारी करते हैं। इस वजह से हम बातचीत के दौरान सामने आनेवाले नए तथ्यों को अनदेखा करते जाते हैं। ऐसे में जब हम कुछ बातों को अपने हाथ से बाहर जाता देखते हैं या हमें लगता है कि एक ही मीटिंग में बात पूरी नहीं होगी तो हम भावुक होने लगते हैं और दूसरे को दोषी ठहराने लगते हैं या जल्दी से हड़बड़ाहट में कुछ ऐसा बोल जाते हैं, जो मीटिंग के लक्ष्य को नुकसान पहुँचा सकता है। इसलिए हमें ऐसी परिस्थिति में कोई दिक्कत महसूस न करते हुए कहना चाहिए, 'चलो इस बारे में अगली बार बात करेंगे।'

७. सामनेवाले को पूरा सुनना

इस विषय को हमने 'सुनने की क्षमता' इस भाग में काफी हद तक समझा है। कठिन वार्तालाप में अकसर लोगों की यह ज़िद होती है कि पहले उनका दृष्टिकोण समझा जाए। इसके साथ बातचीत में कई बार उनकी भावनाएँ भी अस्थिर हो जाती हैं। ऐसे समय में जब आप उन भावनाओं को अपने शब्दों द्वारा पहचान देते हैं, जैसे, 'मैं देख सकता हूँ कि इस बात से तुम्हारे दिल को ठेस पहुँची है' या 'मैं समझ रहा हूँ कि इसमें आपका कोई स्वार्थ नहीं है।' तब सामनेवाले को यह महसूस होता है कि उसे पूरी तरह से सुना और समझा जा रहा है। इसके बाद वह आपकी बात सुनने के लिए खुल जाता है।

८. सामाईक लक्ष्य को याद रखना

सामाईक लक्ष्य के बारे में हम पहले पढ़ चुके हैं। मीटिंग आरंभ होते ही हम

सामाईक लक्ष्य सामने रखते हैं। लेकिन मीटिंग जैसे-जैसे आगे बढ़ती है सभी का ध्यान सामाईक लक्ष्य से हटकर, बाकी मुद्दों पर जाता है। ऐसा होने पर दो तरह की गलतियाँ हो सकती हैं।

अ) जब आपका रवैया नरम होता है : ऐसी परिस्थिति में आप 'तुम जीते, मैं हारा', ऐसा कहने के लिए खुद को सहजता से तैयार पाते हैं। ऐसी हालत में आप सामनेवाले की माँगों को प्राथमिकता देकर, खुद की बातों को पीछे रखते हैं। इस तरह सामाईक लक्ष्य प्राप्त नहीं हो पाता।

ब) जब आपका रवैया सख्त होता है : ऐसी परिस्थिति में आप अपनी माँगों को दूसरों के पहले रखते हैं। यह स्वाभाविक बात है, अकसर इंसान अपनी प्राथमिकताओं की तरफ सहजता से मुड़ जाता है। लेकिन जब आप सामाईक लक्ष्य को भूलकर, अपनी बात मनवाने का प्रयास करते हैं तब सामनेवाला भी यही प्रयास करता है। जिससे दो विपरीत दिशाओं में खिंचाव शुरू होता है और बातचीत बहस में बदल जाती है।

इसलिए ज़रूरी है आपका ध्यान सदा सामाईक लक्ष्य पर हो। आपमें यह दृढ़ विश्वास हो कि लगभग हर परिस्थिति में सामाईक लक्ष्य की पूर्ति संभव होती है। दोनों पक्षों का लाभ (विन-विन स्थिति) हो, ऐसा परिणाम लाना संभव है। इस विश्वास के साथ सामाईक लक्ष्य को हर क्षण आपके मीटिंग का मुख्य संदर्भ बिंदू रखने का प्रयास करें। ज़रूरत हो तो बार-बार बोलकर यह लक्ष्य सभी के सामने स्पष्ट करें।

९. समस्या को निजी न बनाना

स्वयं को लगातार याद दिलाते रहें कि आपको किसी पर भी तानाकशी नहीं करनी है। कई बार जब हम विषय की गहराई में जाते हैं तो अपने दृष्टिकोण और नज़रिए से इतना चिपक जाते हैं कि उसका विरोध किए जाने पर या उसे अस्वीकार किए जाने पर सब बातों को निजी बना लेते हैं। इसलिए लगातार स्वयं को बातचीत का उद्देश्य और लक्ष्य याद दिलाते रहें। यह देखें कि दूसरा पक्ष भी इसे निजी न बना ले। यदि ऐसा हो तो यह बात आप उसे हलके से याद दिला सकते हैं।

इस तरह ऊपर लिखित बातों के प्रति सजग रहकर, आप कठिन वार्तालाप को सफलतापूर्वक सँभाल सकते हैं।

20

छठवाँ तरीकाः

अनकही बात कैसे कहें

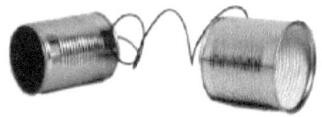

एक गरीब लकड़हारा रोज़ सुबह जंगल में जाकर लकड़ियाँ तोड़ता था और शाम को बाज़ार में उन्हें बेच आता था। उसका जंगल आने-जाने का रास्ता राजमहल से होकर गुज़रता था। राजा अपने महल की खिड़की से रोज़ शाम को उस लकड़हारे को देखता था। उसे देखकर राजा के मन में नफरत पैदा होती थी। राजा को भी यह बात अजीब लगती थी कि उस गरीब लकड़हारे को देखकर उसके मन में दया भाव आना चाहिए लेकिन वह उसके प्रति द्वेष महसूस क्यों करता है?

एक दिन राजा अपने प्रधान से इस विषय में चर्चा करता है। प्रधान को भी यह बात बड़ी विचित्र लगती है क्योंकि वह जानता है, उनके राजा गरीबों से नफरत करनेवाले इंसान नहीं हैं। प्रधान इस बात की छान-बीन करने हेतु लकड़हारे से मिलने उसके घर जाता है। लकड़हारा उससे खुलकर बात करे इसलिए प्रधान एक आम व्यापारी का वेश धारण करता है। लकड़हारे से काफी समय तक

बातचीत करने के बाद उसे पता चलता है कि वह एक सामान्य गरीब इंसान है, जो रोज़ मेहनत करके अपनी रोजी-रोटी कमाकर जी रहा है। अंततः कोई नतीजा न मिलने पर प्रधान निराश होकर घर से निकलने की तैयारी करता है तभी उसकी नजर एक बंद कमरे पर पड़ती है। जिसे देखकर वह लकड़हारे से पूछता है, 'उस कमरे में क्या है?' लकड़हारा कहता है, 'उसमें मेरी गरीबी से मुक्ति की चाभी रखी हुई है।' लकड़हारा कमरा खोलकर प्रधान को चंदन की लकड़ियों का ढेर दिखाता है। लकड़हारा कहता है, 'मैंने कई सालों से इन लकड़ियों को जमा करके रखा है। जब हमारे राजा की मृत्यु होगी तब उनके अंतिम संस्कार के लिए इन लकड़ियों की ज़रूरत पड़ेगी। उस वक्त मैं इन्हें ऊँचे दाम में बेचकर खूब पैसे कमाऊँगा।' इसके आगे लकड़हारा कहता है, 'मैं रोज़ राजमहल के सामने से गुज़रते वक्त सोचता हूँ कि राजा की मृत्यु कब होगी और मेरी गरीबी कब दूर होगी।' यह सुनकर प्रधान को उसके प्रश्न का उत्तर मिल जाता है।

अब पूरा रहस्य प्रधान के सामने खुल चुका था। वह लकड़हारे से कहता है, 'देखो, महाराज की मृत्यु के लिए तो अभी काफी समय है। लेकिन महाराज की अभी कोई संतान नहीं है। वे अपनी पहली संतान के जन्म के बाद उसके उज्ज्वल भविष्य के लिए बड़ा यज्ञ करनेवाले हैं। उस यज्ञ में चंदन की बहुत सारी लकड़ियों की ज़रूरत होगी। उस वक्त तुम ये लकड़ियाँ उन्हें बेच सकते हो। संतान प्राप्ति की खुशी में महाराज तुम्हें इन लकड़ियों की अच्छी कीमत भी देंगे। अब सिर्फ तुम यह प्रार्थना करो कि महाराज के घर में जल्दी से एक संतान पैदा हो जाए।' ऐसी सलाह देकर प्रधान वहाँ से निकल जाता है।

कुछ हफ्ते गुज़र जाने के बाद एक दिन महाराज प्रधान को बुलाकर कहते हैं, 'तुम्हें याद है, मैंने उस लकड़हारे के बारे में बताया था, जिसे देखकर मेरे मन में नफरत उत्पन्न होती थी। अब ऐसा होना बंद हो चुका है बल्कि अब मुझे उसके प्रति करुणा महसूस होती है।' फिर जब प्रधान राजा को पूरी कहानी सुनाता है तब राजा अपनी भावनाओं में हुए परिवर्तन का अर्थ समझ जाता है।

यह कहानी अंतर्मन के एक महत्वपूर्ण रहस्य की ओर इशारा कर रही है। इस रहस्य के अनुसार दो लोगों के बीच कम्युनिकेशन की शुरुआत अंतर्मन के स्तर पर ही हो जाती है।

जब दो लोगों के बीच कम्युनिकेशन होता है तब दोनों के अंतर्मन की बातें एक दूसरे तक पहुँचती ही हैं। अगर सामनेवाला इंसान संवेदनशील है तो वह इन बातों

को महसूस कर सकता है। इसलिए आपने देखा होगा, कई लोग कठिन परिस्थितियों में अपने आंतरिक विश्वास से यह तय कर पाते हैं कि उन्होंने सामनेवाले की बातों पर विश्वास रखना चाहिए या नहीं।

एक शोध के अनुसार यह बात सिद्ध की गई है कि जब दो लोग एक-दूसरे के साथ आमने-सामने बात करते हैं तब उनके कम्युनिकेशन में सिर्फ ७ प्रतिशत योगदान उनके शब्दों का होता है। बाकी ९३ प्रतिशत योगदान उनकी देहबोली, बोलने का स्वर, चेहरे के हावभाव आदि बातों का होता है। इन अंकों का लोग अलग-अलग तरीकों से स्पष्टीकरण देते हैं। लेकिन एक बात पर सभी सहमत है कि आपकी देहबोली, स्वर और चेहरे के हावभाव इन बातों पर आपके अंतर्मन का नियंत्रण अधिक होता है। बाहरी मन का नियंत्रण सिर्फ आपके शब्दों पर होता है यानी अगर आपके अंदर नफरत की भावना है तो आप अपने मीठे शब्दों से उसे छिपा सकते हैं लेकिन आपकी देहबोली, स्वर और चेहरे के हावभाव उस भावना को छिपाने में पूरी तरह समर्थ नहीं होते।

इस तरह आपका अंतर्मन न सिर्फ सामनेवाले के अंतर्मन तक अपनी सच्चाई पहुँचाता है बल्कि वह आपके कम्युनिकेशन के ९३ प्रतिशत हिस्से को भी प्रभावित करता है। भले यह ९३ प्रतिशत हिस्सा सामनेवाला इंसान समझ न पाए लेकिन उसका अंतर्मन इस हिस्से को ज़रूर पकड़ लेता है। जैसे आपकी देहबोली अगर नकारात्मक है तो सामनेवाला इंसान इसे महसूस कर पाता है। इसलिए कम्युनिकेशन में आपको कपट करने से चेताया जाता है।

जैसे, प्रशंसा करने की तकनीक में आपसे कहा जाता है कि किसी की झूठी तारीफ करने से बचें वरना सामनेवाला इस बात को पकड़ लेगा और आप अपनी विश्वसनीयता खो देंगे। यह बात उन सभी जगहों पर लागू है, जहाँ आप अपनी भावनाओं के साथ ईमानदार नहीं रहते हैं।

अब आप समझ सकते हैं, बेहतर कम्युनिकेटर बनने के लिए आपको बाहरी बातों के साथ-साथ आंतरिक रहस्यों पर भी कार्य करना कितना आवश्यक है। आंतरिक भावनाओं को बदलने का एक सहज तरीका है, आप अपना स्वसंवाद बदलें। आपके स्वसंवाद से आपकी भावनाएँ प्रभावित होती हैं और आपकी भावनाओं से आपका स्वसंवाद। ये दोनों बातें एक साथ चलती हैं।

आइए, सरश्री लिखित पुस्तक 'स्वसंवाद' से हम एक उदाहरण पढ़ते हैं, जो हमें स्वसंवाद का कम्युनिकेशन और रिश्तों पर क्या असर होता है, इसके बारे में बताता है।

सिर्फ स्वसंवाद बदलने से क्या होता है?

जिस तरह का स्वसंवाद हमारे अंदर चलता है, उसी तरह से हमारी बॉडी लैंग्वेज (शारीरिक भाषा) दिखाई देती है। बॉडी लैंग्वेज सामनेवाले इंसान के अंतर्मन को तुरंत समझ में आती है। नकारात्मक बॉडी लैंग्वेज तुरंत लोगों में खिंचाव, सिकुड़न और नफरत निर्माण करती है। सकारात्मक शारीरिक भाषा सभी के अंतर्मन को प्रभावित करती है। सभी सहयोग की भावना से भर जाते हैं। जैसे हमारा स्वसंवाद बदलता है, वैसे ही हमारी क्रिया भी बदलती है। यह सब सूक्ष्म तरीके से होता है, जिसका पता हमें नहीं चलता है इसलिए अपनी बॉडी लैंग्वेज बदलने के लिए अपने स्वसंवाद नियंत्रित करें।

कई साल पहले की बात है। एक अनमोल* नामक लड़का रविवार की बैठक में सरश्री से मिलने आया। अनमोल ने बताया कि 'सरश्री, कल सोमवार है और कल ऑफिस जाकर मैं अपना रिजाईन सबमीट करनेवाला हूँ।'

अनमोल ने पाकिट में हाथ डालकर त्यागपत्र निकाला और वह दिखाकर बोला, 'सरश्री, यह मेरा रेजिगनेशन लेटर है। यह कल मैं अपने बॉस के टेबल पर रखनेवाला हूँ।'

'क्यों? क्या कोई नया काम मिलनेवाला है?' पूछने पर अनमोल के चेहरे के रंग बदल गए। उसके चेहरे पर बदले की भावना दिखाई दे रही थी।

'नहीं सरश्री, नया जॉब तो नहीं मिला लेकिन आप जानते नहीं, एक साल में मेरे बॉस ने मुझे कितनी तकलीफ दी है, उससे मैं बहुत तंग आ गया हूँ। कल जाकर मैं यह रिजाईन लेटर बॉस के टेबल पर रखूँगा। उनकी सिग्नेचर लूँगा। बाद में दफ्तर में जाकर मेरे सब पैसे ले लूँगा, अपना सब क्लिअरन्स ले लूँगा। फिर वापस मेरे बॉस को मिलने जाऊँगा।' अब अनमोल के चेहरे पर गुस्सा दिखाई दे रहा रहा था। आगे उसने कहा, 'मैं बॉस को मिलने जाऊँगा तो हाथ मिलाने नहीं, हाथ मिलाना तो एक बहाना रहेगा बल्कि ऑफिस जाकर उसके गाल पर एक जोरदार तमाचा मारूँगा।'

** उपरोक्त घटना को पाठकों के लिए रोचक बनाने हेतु इसे कहानी का रूप दिया गया है। गोपनियता बनाए रखने के लिए इस घटना के किरदार का नाम बदल दिया गया है।*

जैसे ही उसने ये शब्द कहे तो उसके चेहरे पर एक नकारात्मक खुशी दिखाई दे रही थी। एक समाधान दिखाई दे रहा था। अनमोल ने कहा, 'जब मैं बॉस के गाल पर तमाचा मारूँगा तब मेरा जीवन सार्थक हो जाएगा। इतने सालों से उसने मुझे जो तकलीफ दी है, उसका बदला लेने के लिए मैं फाईनली रिजाईन करने जा रहा हूँ।'

'अनमोल, चलो इसमें कोई हर्ज नहीं। आपके विचार इस प्रकार के हैं, आप ऐसी क्रिया करना चाहते हैं तो करें लेकिन बीच में पंद्रह दिन जो कहा जाए वह करना तो सभी का भला होगा और इसमें सबसे ज़्यादा आपका भला होगा।' सरश्री ने अनमोल को समझाया।

'लेकिन मैं तो रिजाईन करने ही वाला हूँ।' अनमोल ने हिचकते हुए कहा।

'ज़रूर करो लेकिन पंद्रह दिन के बाद, तब तक आपको एक छोटा सा काम करना है।' अब अनमोल के चेहरे पर सवाल था। वह थोड़ा सा शंकित होकर देख रहा था। उसके मन में विचार चल रहे थे कि 'पता नहीं अब क्या अनोखा बताया जाएगा!' उसका चेहरा उसकी शंकालू वृत्ति दर्शा रहा था।

'देखो अनमोल, विश्वास के साथ आपको पंद्रह दिन सिर्फ एक ही काम करना है। सुबह और शाम दो बार प्रार्थना करनी है।' सरश्री ने उसे बताया।

'आप कहते हैं तो ज़रूर करूँगा', अब अनमोल के स्वर में शांति थी।

'प्रार्थना करनी है लेकिन वह अपने बॉस के लिए करनी है।' अब अनमोल के चेहरे पर आश्चर्य भी था और थोड़ा सा गुस्सा भी था।

'क्यों? उनके लिए मैं प्रार्थना क्यों करूँ?' अनमोल ने विरोध जताते हुए कहा।

'उसके बारे में पंद्रह दिन के बाद बात करते हैं। अभी आपको क्या बताया गया है कि सुबह-शाम आपको प्रार्थना करनी है। प्रार्थना ऐसी है कि आपका जो बॉस है, उसे जो चाहिए वह मिले। उसके मन की सभी कामनाएँ पूर्ण हो जाएँ और उसकी सेहत अच्छी हो जाए। वह प्रतिदिन शारीरिक और मानसिक रूप से शांत हो जाए। उसका आर्थिक विकास हो जाए। इसी के साथ यह भी प्रार्थना करनी है कि उन्हें हर दिन आनंद मिले, खुशियाँ प्राप्त हों और उनकी जो

भी चाहते हैं, वे पूर्ण हो जाएँ।'

'यह आप मुझे क्या करने को बता रहे हैं? ऐसा तो मुझसे कभी नहीं होनेवाला है।'

'देखो अनमोल, यह एक प्रयोग है, करके तो देखो, वैसे भी आप रिजाईन करने जा ही रहे हो।'

'ठीक है, आप बता रहे हैं इसलिए मैं करूँगा', अनमोल ने अनमने ढंग से कहा।

चौदह दिन के बाद ही अनमोल रविवार की बैठक में फिर से आ पहुँचा।

'अनमोल, कैसे हो? आपकी रिजाईन करने की तारीख कौन सी है? कब रिजाईन कर रहे हो?' सरश्री ने पूछा।

इस बार अनमोल के चेहरे पर अलग ही भाव थे। थोड़ी सी मुस्कराहट भी थी।

'मेरा रिजाईन करने का पक्का नहीं हो पा रहा है', अनोखे भाव से अनमोल ने कहा, 'क्योंकि आज-कल बॉस मुझसे बहुत ही अच्छा बरताव कर रहा है। पता नहीं क्या हुआ! वह धीरे-धीरे इतनी अच्छी बातें कैसे कर रहा है, यह मेरी समझ में नहीं आ रहा है।'

'अनमोल, इसका कारण क्या है? क्या तुम्हें अभी तक पता नहीं चला? यह इस पर निर्भर है कि हमारे अंदर कौन से स्वसंवाद चलते हैं। जैसे ही तुमने तुम्हारे बॉस के लिए प्रार्थना करनी शुरू की वैसे ही उसका परिणाम तुरंत तुम्हारे स्वसंवाद पर हुआ। स्वसंवाद जब बदलते हैं, हमारे विचार जब बदलते हैं तब हमारी वाणी भी बदलनी शुरू होती है और सिर्फ वाणी ही नहीं बॉडी लैंग्वेज यानी शरीर की भाषा भी बदलने लगती है। जिसके लिए तुम सुबह-शाम प्रार्थना कर रहे हो, उसके बारे में तुम्हारे शरीर की भाषा नकारात्मक बातें कर ही नहीं सकती, वह तो सकारात्मक बातें ही करेगी। तुम्हारी सकारात्मक बातें सामनेवाले का अंतर्मन जान लेता है। फिर वह भी उसी तरह से प्रतिसाद देने लगता है।'

इस घटना से हमने समझा, किस तरह प्रार्थना और योग्य स्वसंवाद आपकी अंतर्मन की अवस्था को बदलते हैं। फिर यह अवस्था आपकी देहबोली को बदलती है और देहबोली की भाषा सामनेवाले इंसान के अंतर्मन तक पहुँचती है। इसलिए यह अंतर्मन की अवस्था सही करने की तैयारी अगर आप हर कठिन वार्तालाप से पहले

करते हैं तो उस कम्युनिकेशन के सफल होने की संभावना कई गुना बढ़ जाती है। आइए, अब हम समझते हैं यह तैयारी कैसे करें।

अगर आप किसी के प्रति नफरत या क्रोध की भावना रखते हैं और उस इंसान के साथ आपको कठिन वार्तालाप करना है तो आप अप्रत्यक्ष बातचीत के तीन पड़ावों के ज़रिए यह कर सकते हैं।

पहला पड़ाव :

उस इंसान के लिए प्रार्थना (मंगल कामना) करें। जैसे, 'गॉड ब्लेस यू... ईश्वर तुम पर कृपा करे।' हो सकता है ऐसा करने के लिए शुरुआत में आपको अंदर से अवरोध महसूस हो। लेकिन यह अवरोध ही सबूत है कि आपकी आंतरिक अवस्था बदलने के लिए आपका उस इंसान के लिए प्रार्थना करना कितना ज़रूरी है। प्रार्थना में आप कह सकते हैं, 'तुम्हारी सभी मनोकामनाएँ तुम्हारी दिव्य योजना अनुसार पूर्ण हों'... 'ईश्वर तुम्हें हर रोग से मुक्त करे'... 'तुम्हें जीवन में सुख, शांति, स्वास्थ्य तथा समृद्धि मिले'... 'तुम्हारे रिश्ते सभी के साथ बेहतरीन हों'... 'तुम्हारा संपूर्ण विकास हो...!'

दूसरा पड़ाव :

क्षमा साधना करें। क्षमा साधना में आप सामनेवाले इंसान से, खुले हृदय से ईमानदारी से सभी बातों के लिए क्षमा माँगते हैं। ये बातें भले ही वह सुन न पाए लेकिन उसके अंतर्मन तक ये बातें पहुँच जाती हैं। साथ ही क्षमा माँगकर आपका अंतर्मन भी शुद्ध हो जाता है।

इसके लिए आप अकेले में बैठकर कह सकते हैं, 'मैं ईश्वर को साक्षी रखकर आपसे क्षमा माँगता हूँ। मैंने आपको अपने भाव, विचार, वाणी या क्रिया से जो भी दुःख पहुँचाया है, उसके लिए कृपया आप मुझे क्षमा करें। मैं भी आपको क्षमा करता हूँ, आप भी मेरे बारे में नकारात्मक विचारों से मुक्त हो जाएँ।'

अगर आपको किसी से बात करने में घबराहट महसूस होती है या आपमें यह दुविधा है कि 'पता नहीं सामनेवाला मेरी बात को समझ पाएगा या नहीं?' तब वास्तविक वार्तालाप से पहले 'अप्रत्यक्ष बातचीत' के साथ सामनेवाले के अंतर्मन तक अपनी बात पहुँचा दें।

तीसरा पड़ाव :

अप्रत्यक्ष बातचीत की शुरुआत करें। इसके लिए सबसे पहले ऐसा समय चुनें

जब दोनों, खासकर सामनेवाला आराम अवस्था में हो– जैसे रात सोने से पूर्व या सुबह जल्दी उठकर। क्योंकि ऐसे समय मन ज़्यादा ग्रहणशील होता है। उस वक्त आप एक शांत जगह पर अकेले बैठकर कल्पना करें कि वह इंसान आपके सामने बैठा है। अगर आपको आशंका है कि वह इंसान क्रोध कर सकता है तो उसे पहले कहें, 'आप शांत हो जाओ, आपके सब कार्य ठीक से हो जाएँगे। मेरे मन में आपके प्रति जो भी नफरत, द्वेष या शिकायत है, मैं उसे अपने मन से जाने दे रहा हूँ। मैं आपसे प्रेम करता हूँ, आपका आदर करता हूँ।' इसके बाद आप मुख्य विषय पर अपनी बात उससे कहना शुरू करें।

'आप कृपया मेरी बात को समझने का प्रयास करें। मैं चाहता हूँ ....'(जो भी आप कहना चाहते हैं)

इस तरह प्रार्थना, क्षमा साधना और अप्रत्यक्ष बातचीत के साथ कुछ दिनों तक आप लगातार अंतर्मन की तैयारी करते रहें। इसे कुछ दिन रोज़ करने के बाद जब आप वास्तविक वार्तालाप शुरू करेंगे तो आप पाएँगे कि सामनेवाले का व्यवहार बदलने लगा है। समस्या सुलझने लगी है। मुख्य समस्याएँ दरअसल हमारे विचारों में और भावनाओं में ही जीती हैं। बाहरी बातों के समाधान तो सरल होते हैं।

सेल्फ कम्युनिकेशन

प्रिय पाठको,

पूरी पुस्तक पढ़ लेने के बाद, आइए इसे रिवाईज़ करें। इसके लिए हम सेल्फ कम्युनिकेशन करेंगे यानी स्वयं को बताएँगे कि 'मैंने जो भी पढ़ा व समझा, उसे मैं अपने जीवन में कहाँ पर इस्तेमाल करनेवाला हूँ?' निम्नलिखित प्रश्नावली आपको सेल्फ कम्युनिकेशन में मदद करेगी।

१. गलतफहमी पैदा होने के किन किरणों को मैंने अपने जीवन में देखा है और उनसे बाहर आने के लिए मैं मनन करके क्या करूँगा/ करूँगी?

२. मैं अपनी सुनने की क्षमता बढ़ाने के लिए कौन से कदम उठाऊँगा/ उठाऊँगी?

३. आज से मैं अपने शब्दों का सही इस्तेमाल किस तरह करूँगा/करूँगी?

४. कहाँ-कहाँ पर मैं साँस-कृत भाषा का प्रयोग कर सकता हूँ?

५. दूसरों की निंदा करने से पहले मैं स्वयं को क्या याद दिलानेवाला हूँ?

६. कहाँ-कहाँ पर मैं क्रिटिसाईज़ की जगह क्रिटि-गाईड करनेवाला हूँ?

७. हम और तुमवाली सोच को मैं जीवन में कहाँ–कहाँ पर इस्तेमाल करनेवाला/ करनेवाली हूँ?

८. मुझे कहाँ–कहाँ पर प्रशंसाभरे वाक्यों का उपयोग करने की अधिक आवश्यकता है?

९. मेरे कौन से वाक्य लोगों की आत्मछवि को ठेंस पहुँचाते हैं? अब से मैं उन वाक्यों को बदलकर कौन से नए वाक्यों का उपयोग करनेवाला/ करनेवाली हूँ?

१०. मेरे परिवार का संवादमंच कैसा है? उसमें और सुधार लाने के लिए मैं कौन से कदम उठाने जा रहा/ रही हूँ?

११. मेरे किस रिश्ते में दीवार निर्माण हुई है और मैं उसे मिटाने के लिए क्या करनेवाला/ करनेवाली हूँ?

१२. कम्युनिकेशन में सेफ्टी रखने के लिए मैं कौन से वाक्यों का इस्तेमाल करनेवाला/ करनेवाली हूँ?

१३. जुड़ाव की भावना का निर्माण करने के लिए, मैं कौन सी तकनीक का उपयोग करनेवाला/ करनेवाली हूँ?

१४. सही सवाल पूछने की तकनीक का इस्तेमाल मैं कहाँ और कैसे करूँगा/ करूँगी?

१५. 'आदरयुक्त सीधी बात' यह तकनीक मुझे कहाँ पर काम में आ सकती है?

१६. 'मुद्दे पर अटल' रहने की तकनीक का इस्तेमाल मैं कहाँ और कैसे करूँगा/ करूँगी?

१७. जहाँ मैं 'ना' कहने में हिचकिचाता हूँ, वहाँ पर मैं कौन से तरीके से 'ना' कहनेवाला/ कहनेवाली हूँ?

१८. कठिन वार्तालाप के समय मैं पुस्तक की तकनीक की कौन-कौन सी बातों को याद रखूँगा/ रखूँगी?

१९. अनकही बात कहने की तकनीक को मैं कैसे इस्तेमाल करनेवाला/ करनेवाली हूँ?

यह पुस्तक पढ़ने के बाद अपना अभिप्राय (विचार सेवा) इस पते पर भेज सकते हैं ... Tej Gyan Global Foundation, Pimpri Colony Post office, P.O. Box 25, Pune - 411 017. Maharashtra (India).

कम्युनिकेशन विथ गॉड

परिशिष्ट

इंसान का सबसे पहला रिश्ता बनता है ईश्वर के साथ। पुरातन काल से यही देखा गया है कि सुबह उठते ही वह ईश्वर के सामने सिर झुकाता है, फूल चढ़ाता है, प्रार्थना करता है। मगर पहले की तुलना आज मोबाइल, इंटरनेट, फेसबुक, ट्विटर, वॉटस् ॲप आदि की वजह से उसके पास ईश्वर के लिए समय ही कहाँ बचता है! जिस कारण वह ईश्वर (स्व) से दूर-दूर होते जा रहा है। दूसरी ओर उसके जीवन में तनाव, परेशानी, अशांति दिनों-दिन बढ़ती ही जा रही है।

इस दूरी को, तनाव को कम करने का एक उपाय है। उसे फिर से ईश्वर के साथ तालमेल बढ़ाना होगा, रोज़ उससे बातचीत करनी होगी।

जिस तरह, जब दो लोग आपस में लगातार बातचीत करते हैं तब उनकी दोस्ती और गहरी होती जाती है, उसी तरह जब इंसान ईश्वर से रोज़ संवाद करेगा तब उनके बीच भी तालमेल बनते जाएगा। जब वह ईश्वर को पुकारेगा, प्रार्थना के ज़रिए उससे खुलकर बात करेगा तब ही वह उसे अपने करीब पाएगा।

दरअसल ईश्वर भी इंसान की मदद करना चाहता है। वह चाहता है कि लोग प्रार्थना करें, उससे बात करें ताकि वह उनकी इच्छा पूरी कर पाए। जिस तरह एक पिता अपने बच्चे के माँगने पर उसे हर चीज़ लाकर देता है, वैसे ही परमपिता ईश्वर भी अपने भक्तों की हर इच्छा पूरी करता है। इंसान को मात्र माँगने का तरीका

सीखना होगा।

प्रार्थना, अपनी मनचाही चीज़ पाने का, ईश्वर के साथ संवाद करने का आदर्श तरीका है। साथ ही आपका ध्यान में बैठना भी ईश्वर को आपके करीब लाता है।

देखा जाए तो प्रार्थना में आप ईश्वर से बात करते हैं और ध्यान में ईश्वर आपसे बात करता है। इस तरह प्रार्थना और ध्यान, ये दोनों क्रिया आपको ईश्वर के साथ जोड़े रखती हैं। आइए, इस भाग में जानें, ईश्वर से बातचीत कैसे करें– कम्युनिकेशन विथ गॉड।

जब पहली बार किसी ने पतंग उड़ाई होगी तो उसके अंदर एक ही विचार होगा, '*ईश्वर के साथ संवाद* (Communication with God) *हो*'। वह बहुत रचनात्मक इंसान रहा होगा, जिसने पहली पतंग उड़ाई। वैसे तो ईश्वर के साथ वार्तालाप अंदर ही होता है मगर बाहरी क्रिया उसमें मदद करती है।

सभी लोग आसानी से अपने अंदर ईश्वर से संवाद नहीं कर पाते, उनका मन यहाँ-वहाँ भागते रहता है इसलिए कुछ कर्मकाण्ड बनाए गए। जैसे दीया जलाना... विशेष रंग के वस्त्र पहनना... नहाकर विशेष आसन (वज्रासन, पद्मासन) या मुद्रा में बैठना हाथ जोड़कर या ऊपर उठाकर प्रार्थना करना इत्यादि। ये सब कुछ इसलिए किया जाता है ताकि इंसान का मन ईश्वर के साथ संवाद करने के लिए एकाग्र हो सके। क्योंकि ईश्वर की आवाज़ इतनी सूक्ष्म है कि वह जल्दी सुनाई नहीं देती, इंसान उस आवाज़ को पहचान नहीं पाता। एकाग्रचित्त होकर ही वह ईश्वर से संवाद साध पाता है इसलिए प्रार्थना करने के कई तरीकों और शब्दों का निर्माण हुआ।

प्रार्थना में शब्द और तरीका चाहे जो भी हो, महत्वपूर्ण है इंसान का भाव और विश्वास। कई बार उसके अंदर मौजूद नकारात्मक विचार और अविश्वास प्रार्थना में बाधा बन जाते हैं। जिस कारण उसकी प्रार्थनाएँ फलित नहीं होती। ऐसे में यदि इंसान अपनी प्रार्थनाओं पर यकीन रखे तथा ईश्वर के साथ होनेवाले संवाद पर भरोसा करे तो ईश्वर उसकी प्रार्थना पूरी करने में कोई कसर नहीं छोड़ता। क्योंकि ईश्वर इंसान के संवाद का मतलब, समझने में कभी गलती नहीं करता। इसलिए शुद्ध मन से प्रार्थना करके विश्वास रखें कि 'मैंने ईश्वर को सब कुछ बता दिया है, अपनी बात उन तक पहुँचा दी है। अब जो होना है, वहाँ से होगा'। यह सोचकर निश्चिंत हो जाएँ। उस पर अविश्वास दिखाकर शंका न लाएँ।

अन्यथा ईश्वर ने इंसान की एक बात नहीं मानी, एक प्रार्थना पूरी नहीं हुई या जीवन में कोई नकारात्मक घटना हो गई तो वह ईश्वर पर विश्वास करना ही बंद कर देता है। जबकि उसे यह समझ रखनी चाहिए कि 'उससे भूतकाल में अनजाने और बेहोशी में कुछ ऐसी गलत प्रार्थना हुई होगी, जिसका परिणाम आज अनचाही घटना के रूप में आया है।' इस तरह मनन करने से उसका होश बढ़ेगा और वह सजगता के साथ नई प्रार्थनाएँ कर पाएगा।

यकीन मानिए, आज की प्रार्थना पर ही इंसान का भविष्य निर्भर है। अगर वह आज कुदरत को स्पष्ट संकेत नहीं दे रहा है कि 'निश्चित तौर पर वह क्या चाहता है' तो कुदरत भूतकाल की प्रार्थना अनुसार उसे फल दे देती है। इंसान की तरफ से कुछ नया नहीं आ रहा है तो कुदरत इंतजार नहीं करती बल्कि वह पुरानी प्रार्थनाओं के अनुसार ही फल देती रहती है। इसलिए आज की प्रार्थनाओं में सुधार होना आवश्यक है ताकि आगे आनेवाले जीवन पर उसका सकारात्मक असर दिखाई दे।

जब इंसान कुदरत को स्पष्ट रूप से यह बताएगा कि 'अब मैं दुःख, परेशानी, तनाव, चिंता, डर, अशांति से बाहर आना चाहता हूँ' और ईश्वर पर विश्वास रखकर वह खुश रहना जारी रखेगा तब उन प्रार्थनाओं का असर दिखना शुरू हो जाएगा। मगर बीच के समय में इंसान जब अकेला बैठा हुआ होता है तब वह भूतकाल की बातें सोच-सोचकर दुःखी होते रहता है कि 'इसने मेरे साथ ऐसा किया... उसने मेरे साथ ठीक नहीं किया... कोई भरोसेलायक नहीं है...।' ऐसा करके वह अपनी ही प्रार्थना में बाधा डाल रहा होता है क्योंकि जब वह नकारात्मक बातें याद करके दुःखी होता है तब वह पीतल बनकर वैसी ही बातों के लिए ग्रहणशील हो जाता है। इसके विपरीत जब वह ईश्वर पर विश्वास रखकर आनंदित भाव में रहता है तब वह चुँबक बनता है और अपनी नई प्रार्थनाओं के लिए ग्रहणशील हो जाता है।

अतः प्रार्थना करने के बाद अपने भाव और विश्वास को सकारात्मक रखें। जब आप विश्वास के भाव से भर जाएँगे तब आपके अंदर यह वार्तालाप होगा 'ईश्वर ने हर चीज भरपूर बनाई है... समय, पैसा, प्रेम, सेहत, आनंद, जीवन भरपूर है... जो हम देते हैं उससे विकास होता है, जो हम लेते हैं उससे मात्र गुजारा होता है।'

प्रार्थना और ध्यान का तालमेल

प्रार्थना करने के साथ-साथ हर दिन कुछ क्षण ध्यान में बैठना भी आवश्यक

है। जब आप ध्यान में बैठते हैं तब आपके विचार धीरे-धीरे शांत होने लगते हैं और कुछ समय उपरांत आप विचारशून्य अवस्था में पहुँच जाते हैं। यह ईश्वरीय अवस्था है। अर्थात अपने होने का एहसास... स्वअनुभव... 'हूँ' की अवस्था...। जब आप इस अवस्था में होते हैं तब ईश्वर के साथ एकरूप, एकाकार हो जाते हैं। इसी को एकम् या अद्वैत की अवस्था भी कहा गया है। इस अवस्था में पहुँचकर आपको अपने अंदर ही ईश्वर द्वारा मार्गदर्शन मिलता है। क्योंकि आप पूर्ण रूप से उस मार्गदर्शन को लेने और समझने के लिए तैयार होते हैं।

कई बार आप कोई निर्णय लेना चाहते हैं, जिसमें आपके सामने कुछ विकल्प होते हैं मगर आप चुनाव नहीं कर पाते हैं कि 'कौन सा विकल्प मेरे लिए सही है।' ऐसे में यदि आप कुछ समय अपने स्वअनुभव पर जाकर आएँ और उसके बाद निर्णय लें तो वह उच्चतम चुनाव होता है क्योंकि वह निर्णय आपकी उच्चतम अवस्था से लिया गया होता है, उस पर मन की किसी चाहत या विकार का असर नहीं होता। वरना अकसर माया के प्रभाव से ही मन चुनाव करता है, जो आपके लिए उच्चतम चुनाव नहीं होता है।

निरंतरता से ध्यान करने की आदत लगाने पर, आप खुली आँखों से भी आसानी से स्वअनुभव पर जा पाते हैं। फिर दिनभर भी काम करते हुए आप बीच-बीच में अपने होने के एहसास (मौन) पर लौट सकते हैं। इस तरह आंतरिक मार्गदर्शन द्वारा आपके सारे निर्णय लिए जाएँगे, जो आपके विकास में कारगर साबित होंगे।

साथ ही ध्यान के द्वारा जब आप निर्विचार अवस्था में पहुँचते हैं तब आपने जो-जो प्रार्थनाएँ की हैं, वे चीज़ें आपकी तरफ आना शुरू होती हैं। वरना ध्यान के बिना मन सतत बड़बड़ करता रहता है, दु:खी होकर शंका लाता रहता है कि 'पता नहीं, प्रार्थना पूरी होगी कि नहीं। इस तरह वह उस चीज़ को आने से रोक देता है। वहीं ध्यान में जब कुछ समय के लिए भी मन शांत होता है तो वे चीज़ें आपकी तरफ आना शुरू होती हैं। इस तरह देखें तो प्रार्थना में आप ईश्वर से कुछ माँगते हैं और ध्यान में आप वही चीज़ पाने हेतु ईश्वर की मदद करते हैं। यही है ईश्वर से वार्तालाप करने का सबसे सरल और प्रभावशाली तरीका।

महाआसमानी परम ज्ञान
शिविर परिचय और लाभ (निवासी)

तेजज्ञान फाउण्डेशन आत्मविकास से आत्मसाक्षात्कार प्राप्त करने का एक रास्ता है। इसके लिए सरश्री द्वारा एक अनूठी बोध पद्धति (System for Wisdom) का सृजन हुआ है। इस पद्धति को अन्तर्राष्ट्रीय मानक ISO 9001:2015 के आवश्यकताओं एवं निर्देशों के अनुरूप ढालकर सरल, व्यावहारिक एवं प्रभावी बनाया गया है।

इस संस्था की बोध पद्धति के विभिन्न पहलुओं (शिक्षण, निरीक्षण व गुणवत्ता) को स्वतंत्र गुणवत्ता परीक्षकों (Quality Auditors) द्वारा क्रमबद्ध तरीके से जाँचा गया। जिसके बाद इन पहलुओं को ISO 9001:2015 के अनुरूप पाकर, इस बोध पद्धति को प्रमाणित किया गया है।

फाउण्डेशन का लक्ष्य आपको नकारात्मक विचार से सकारात्मक विचार की ओर बढ़ाना है। सकारात्मक विचार से शुभ विचार यानी हॅपी थॉट्स (विधायक आनंदपूर्ण विचार) और शुभ विचार से निर्विचार की ओर बढ़ा जा सकता है। निर्विचार से ही आत्म साक्षात्कार संभव है। शुभ विचार (Happy Thoughts) यानी यह विचार कि 'मैं हर विचार से मुक्त हो जाऊँ।' शुभ इच्छा यानी यह इच्छा कि 'मैं हर इच्छा से मुक्त हो जाऊँ।'

ज्ञान का अर्थ है सामान्य ज्ञान लेकिन तेजज्ञान यानी वह ज्ञान जो ज्ञान व अज्ञान के परे है। कई लोग सामान्य ज्ञान की जानकारी को ही ज्ञान समझ लेते हैं लेकिन असली ज्ञान और जानकारी में बहुत अंतर है। आज लोग सामान्य ज्ञान के जवाबों को ज्यादा महत्त्व देते हैं। उदाहरण के तौर पर– कर्म और भाग्य, योग और प्राणायाम, स्वर्ग और नर्क इत्यादि। आज के युग में सामान्य ज्ञान प्रदान करनेवाले लोग और शिक्षक कई मिल जाएँगे मगर

इस ज्ञान को पाकर जीवन में कोई बड़ा परिवर्तन नहीं होता। यह ज्ञान या तो केवल बुद्धि विलास है या फिर अध्यात्म के नाम पर बुद्धि का व्यायाम है।

सभी समस्याओं का समाधान है तेजज्ञान। भय से मुक्ति, चिंतारहित व क्रोध से आज़ाद जीवन है तेजज्ञान। शारीरिक, मानसिक, सामाजिक, आर्थिक और आध्यात्मिक उन्नति के लिए है तेजज्ञान। तेजज्ञान आपके अंदर है, आएँ और इसे पाएँ।

यदि आप ऐसा ज्ञान चाहते हैं, जो सामान्य ज्ञान के परे हो, जो हर समस्या का समाधान हो, जो सभी मान्यताओं से आपको मुक्त करे, जो आपको ईश्वर का साक्षात्कार कराए, जो आपको सत्य पर स्थापित करे तो समय आ गया है तेजज्ञान को जानने का। समय आ गया है शब्दोंवाले सामान्य ज्ञान से उठकर तेजज्ञान का अनुभव करने का।

अब तक अध्यात्म के अनेक मार्ग बताए गए हैं। जैसे जप, तप, मंत्र, तंत्र, कर्म, भाग्य, ध्यान, ज्ञान, योग और भक्ति आदि। इन मार्गों के अंत में जो समझ, जो बोध प्राप्त होता है, वह एक ही है। सत्य के हर खोजी को अंत में एक ही समझ मिलती है और इस समझ को सुनकर भी प्राप्त किया जा सकता है। उसी समझ को सुनना यानी तेजज्ञान प्राप्त करना है। तेजज्ञान के श्रवण से सत्य का साक्षात्कार होता है, ईश्वर का अनुभव होता है। यही तेजज्ञान सरश्री महाआसमानी शिविर में प्रदान करते हैं।

सरश्री की आध्यात्मिक खोज का सफर उनके बचपन से प्रारंभ हो गया था। इस खोज के दौरान उन्होंने अनेक प्रकार की पुस्तकों का अध्ययन किया। इसके साथ ही अपने आध्यात्मिक अनुसंधान के दौरान अनेक ध्यान पद्धतियों का अभ्यास किया। उनकी इसी खोज ने उन्हें कई वैचारिक और शैक्षणिक संस्थानों की ओर बढ़ाया। इसके बावजूद भी वे अंतिम सत्य से दूर रहे।

उन्होंने अपने तत्कालीन अध्यापन कार्य को भी विराम लगाया ताकि वे अपना अधिक से अधिक समय सत्य की खोज में लगा सकें। जीवन का रहस्य समझने के लिए उन्होंने एक लंबी अवधि तक मनन करते हुए अपनी खोज जारी रखी। जिसके अंत में उन्हें आत्मबोध प्राप्त हुआ। आत्मसाक्षात्कार के बाद उन्होंने जाना कि अध्यात्म का हर मार्ग जिस कड़ी से जुड़ा है वह है- समझ (अंडरस्टैण्डिंग)।

सरश्री कहते हैं कि 'सत्य के सभी मार्गों की शुरुआत अलग-अलग प्रकार से होती है लेकिन सभी के अंत में एक ही समझ प्राप्त होती है। 'समझ' ही सब कुछ है और यह 'समझ' अपने आपमें पूर्ण है। आध्यात्मिक ज्ञान प्राप्ति के लिए इस 'समझ' का श्रवण ही पर्याप्त है।'

सरश्री ने ढ़ाई हज़ार से अधिक प्रवचन दिए हैं और सौ से अधिक पुस्तकों की रचना की हैं। ये पुस्तकें दस से अधिक भाषाओं में अनुवादित की जा चुकी हैं और प्रमुख प्रकाशकों द्वारा प्रकाशित की गई हैं, जैसे पेंगुइन बुक्स, हे हाऊस पब्लिशर्स, जैको बुक्स, हिंद पॉकेट बुक्स, मंजुल पब्लिशिंग हाऊस, प्रभात प्रकाशन, राजपाल अॅण्ड सन्स इत्यादि।

सरश्री की शिक्षाओं से लाखों लोगों के जीवन में रूपांतरण हुआ है। इसके साथ संपूर्ण विश्व की चेतना बढ़ाने के लिए कई सामाजिक कार्यों की शुरुआत भी की गई है।

सरश्री आज के युग के आध्यात्मिक गुरु और 'तेजज्ञान फाउण्डेशन' के संस्थापक हैं, जो अत्यंत सरलता से आज की लोकभाषा में आध्यात्मिक समझ प्रदान करते हैं। हर साल तेजज्ञान फाउण्डेशन द्वारा 'महाआसमानी शिविर' आयोजित किया जाता है। यह शिविर पूर्णतः सरश्री की शिक्षाओं पर आधारित है।

क्या आपको उच्चतम आनंद पाने की इच्छा है? ऐसा आनंद, जो किसी कारण पर निर्भर नहीं है, जिसमें समय के साथ केवल बढ़ोतरी ही होती है। क्या आप इसी जीवन में प्रेम, विश्वास, शांति, समृद्धि और परमसंतुष्टि पाना चाहते हैं? क्या आप शारीरिक, मानसिक, सामाजिक, आर्थिक और आध्यात्मिक इन सभी स्तरों पर सफलता हासिल करना चाहते हैं? क्या आप 'मैं कौन हूँ' इस सवाल का जवाब अनुभव से जानना चाहते हैं।

यदि आपके अंदर इन सवालों के जवाब जानने की और 'अंतिम सत्य' प्राप्त करने की प्यास जगी है तो तेजज्ञान फाउण्डेशन द्वारा आयोजित 'महाआसमानी परम ज्ञान शिविर' में आपका स्वागत है। यह शिविर पूर्णतः सरश्री की शिक्षाओं पर आधारित है। सरश्री आज के युग के आध्यात्मिक गुरु और 'तेजज्ञान फाउण्डेशन' के संस्थापक हैं, जो अत्यंत सरलता से आज की लोकभाषा में आध्यात्मिक समझ प्रदान करते हैं।

महाआसमानी परम ज्ञान शिविर का उद्देश्य :

इस शिविर का उद्देश्य है, 'विश्व का हर इंसान 'मैं कौन हूँ' इस सवाल का जवाब जानकर सर्वोच्च आनंद में स्थापित हो जाए।' उसे ऐसा ज्ञान मिले, जिससे वह हर पल वर्तमान में जीने की कला प्राप्त करे। भूतकाल का बोझ और भविष्य की चिंता इन दोनों से वह मुक्त हो जाए। हर इंसान के जीवन में स्थायी खुशी, सही समझ और समस्याओं को विलीन करने की कला आ जाए। मनुष्य जीवन का उद्देश्य पूर्ण हो।

'मैं कौन हूँ? मैं यहाँ क्यों हूँ? मोक्ष का अर्थ क्या है? क्या इसी जन्म में मोक्ष प्राप्ति संभव है?' यदि ये सवाल आपके अंदर हैं तो महाआसमानी परम ज्ञान शिविर इसका जवाब है।

महाआसमानी परम ज्ञान शिविर के मुख्य लाभ :

इस शिविर के लाभ तो अनगिनत हैं मगर कुछ मुख्य लाभ इस प्रकार हैं-

* जीवन में दमदार लक्ष्य प्राप्त होता है।
* 'मैं कौन हूँ' यह अनुभव से जानना (सेल्फ रियलाइजेशन) होता है।
* मन के सभी विकार विलीन होते हैं।
* भय, चिंता, क्रोध, बोरडम, मोह, तनाव जैसी कई नकारात्मक बातों से मुक्ति मिलती है।

* प्रेम, आनंद, मौन, समृद्धि, संतुष्टि, विश्वास जैसे कई दिव्य गुणों से युक्ति होती है।
* सीधा, सरल और शक्तिशाली जीवन प्राप्त होता है।
* हर समस्या का समाधान प्राप्त करने की कला मिलती है।
* 'हर पल वर्तमान में जीना' यह आपका स्वभाव बन जाता है।
* आपके अंदर छिपी सभी संभावनाएँ खुल जाती हैं।
* इसी जीवन में मोक्ष (मुक्ति) प्राप्त होता है।

महाआसमानी परम ज्ञान शिविर में भाग कैसे लें?

इस शिविर में भाग लेने के लिए आपको कुछ खास माँगें पूरी करनी होती हैं। जैसे-

१) आपकी उम्र कम से कम अठारह साल या उससे ऊपर होनी चाहिए।

२) आपको सत्य स्थापना शिविर (फाउण्डेशन ट्रुथ रिट्रीट) में भाग लेना होगा, जहाँ आप सीखेंगे- वर्तमान के हर पल को कैसे जीया जाए और निर्विचार दशा में कैसे प्रवेश पाएँ।

३) आपको कुछ प्राथमिक प्रवचनों में उपस्थित होना है, जहाँ आप बुनियादी समझ आत्मसात कर, महाआसमानी परम ज्ञान शिविर के लिए तैयार होते हैं।

यह शिविर एक या दो महीने के अंतराल में आयोजित किया जाता है, जिसका लाभ हज़ारों खोजी उठाते हैं। इस शिविर की तैयारी आप दो तरीके से कर सकते हैं। पहला तरीका- मनन आश्रम (पूना) में पाँच दिवसीय निवासी शिविर में भाग लेकर, दूसरा तरीका- तेजज्ञान फाउण्डेशन के नजदीकी सेंटर पर सत्य श्रवण द्वारा। जैसे- पुणे, मुंबई, दिल्ली, सांगली, सातारा, जलगाँव, अहमदाबाद, कोल्हापुर, नासिक, अहमदनगर, औरंगाबाद, सूरत, बरोडा, नागपुर, भोपाल, रायपुर, चेन्नई, वर्धा, अमरावती, चंद्रपुर, यवतमाल, रत्नागिरी, लातूर, बीड, नांदेड, परभणी, पनवेल, ठाणे, सोलापुर, पंढरपुर, अकोला, बुलढाणा, धुले, भुसावल, बैंगलोर, बेलगाम, धारवाड, भुवनेश्वर, कोलकत्ता, राँची, लखनऊ, कानपुर, चंदीगढ़, जयपुर, पणजी, म्हापसा, इंदौर, इटारसी, हरदा, विदिशा, बुरहानपुर।

इनके अतिरिक्त आप महाआसमानी की तैयारी फाउण्डेशन में उपलब्ध सरश्री द्वारा रचित पुस्तकें, या यू ट्यूब के संदेश सुनकर भी कर सकते हैं। मगर याद रहे ये पुस्तकें, यू ट्यूब के प्रवचन शिविर का परिचय मात्र है, तेजज्ञान नहीं। आप महाआसमानी परम ज्ञान शिविर में भाग लेकर ही तेजज्ञान का आनंद ले सकते हैं। आगामी महाआसमानी परम ज्ञान शिविर में अपना स्थान आरक्षित करने के लिए संपर्क करें : 09921008060/75, 9011013208

मनन आश्रम : मनन आश्रम, पुणे, सर्वे नं. ४३, सनस नगर, नांदोशी गाँव, किरकट वाडी फाटा, तहसील - हवेली, जिला : पुणे - ४११०२४. फोन : 09921008060

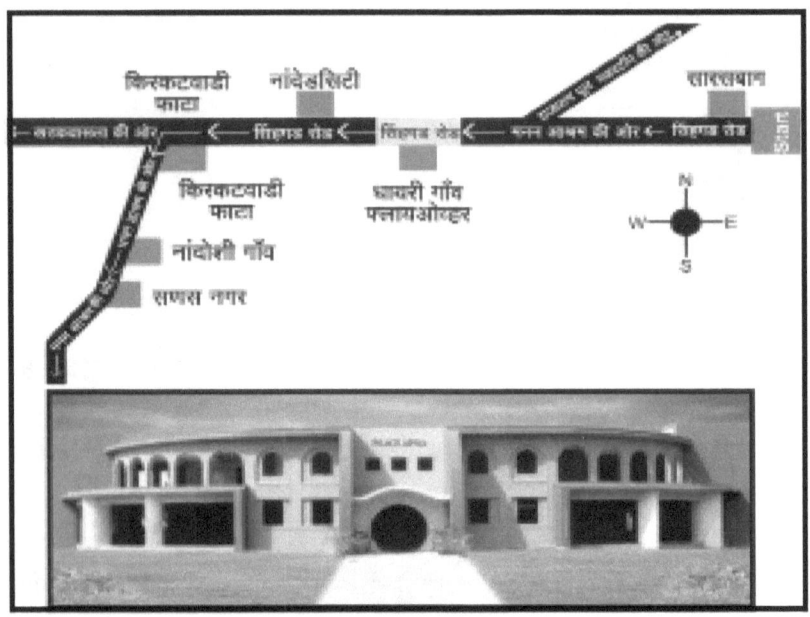

N
W
E

अब एक क्लिक पर ही शिविर का रजिस्ट्रेशन !

तेजज्ञान फाउण्डेशन की इन शिविरों के लिए
अब आप ऑनलाईन रजिस्ट्रेशन भी कर सकते हैं-

* महाआसमानी परम ज्ञान शिविर परिचय और लाभ (पाँच दिवसीय निवासी शिविर)
* मैजिक ऑफ अवेकनिंग (केवल अंग्रेजी भाषा जाननेवालों के लिए तीन दिवसीय निवासी शिविर)
* मिनी महाआसमानी (निवासी) शिविर, युवाओं के लिए

रजिस्ट्रेशन के लिए आज ही लॉग इन करें

www.tejgyan.org

सरश्री द्वारा रचित पुस्तकें

विश्वास नियम
सर्वोच्च शक्ति के सात नियम

Total Pages - 168
Price   - 140/-

आपका मोबाइल तो अप टू डेट है परंतु क्या आपका विश्वास अप टू डेट है? क्या आपका आज का विश्वास आपको अंतिम सफलता की राह पर बढ़ा रहा है? यदि उपरोक्त सवालों के जवाब 'नहीं' हैं तो आपको विश्वास नियम की आवश्यकता है। विश्वास नियम आपके विश्वास को बढ़ाकर उसे अप टू डेट करता है।

'विश्वास' ईश्वर द्वारा दी हुई वह देन है– जो हमारे स्वास्थ्य, रिश्ते, मनशांति, आर्थिक समृद्धि एवं आध्यात्मिक उन्नति में चार चाँद लगाता है। आइए, इस शक्ति का चमत्कार अपने जीवन ये देखें और 'सब संभव है' इस पंक्ति का प्रत्यक्ष अनुभव लें।

इस पुस्तक में दिए गए सात विश्वास नियम ऊर्जा का असीम भंडार हैं। ये आपके जीवन की नकारात्मकता हटाकर, आपको सकारात्मक ऊर्जा से लबालब भर देंगे। जीवन के हर स्तर पर आपकी मदद करेंगे। इसलिए यह पुस्तक इस विश्वास के साथ पढ़ें कि 'अब सब संभव है' और जानें...

✳ विश्वास की शक्ति से जो चाहें वह कैसे पाएँ ✳ विश्वास को वाणी में लाकर जीवन को कैसे बदलें ✳ विश्वासघात पर मात पाकर विश्व के लिए नया उदाहरण कैसे बनें ✳ अपने भीतर छिपे हर अविश्वास को विश्वास में रूपांतरित करके विकास की ओर कैसे बढ़ें ✳ हर समस्या का समाधान कैसे खोजें ✳ विश्वास द्वारा संपूर्ण सफलता कैसे पाएँ

संपूर्ण प्रशिक्षण
सीखें महान महारत तकनीकें

Total Pages - 224
Price - 125/-

कुदरत के नियम समझनेवाले आत्मप्रशिक्षण लेने से नहीं कतराते, वे कभी छोटा लक्ष्य नहीं बनाते, इस वाक्य की सच्चाई साबित करना संपूर्ण प्रशिक्षण पुस्तक का लक्ष्य है। जीवन में बड़ा लक्ष्य प्राप्त करने के लिए हर इंसान को संपूर्ण प्रशिक्षण की आवश्यकता है।

इस पुस्तक में हर उस प्रशिक्षण को संजोया गया है, जो आपके लिए मील का पत्थर साबित होगा। आइए, कुछ प्रशिक्षणों पर नज़र डालते हैं।

* आउट ऑफ बॉक्स सोचने का प्रशिक्षण
* नई चीज़ों को कम समय में सीखने का प्रशिक्षण
* टीम में आत्मविकास का प्रशिक्षण
* सोच-शक्ति को बढ़ाने का प्रशिक्षण
* जो मिला है, उसकी उचित देखभाल कर सकने का प्रशिक्षण
* कम शब्दों और समय में महत्वपूर्ण संदेश लोगों तक पहुँचाने का प्रशिक्षण
* लक्ष्य को हर समय याद रख पाने का प्रशिक्षण

कुछ किताबें ऐसी होती हैं, जो केवल सतही ज्ञान देती हैं, ऊपर-ऊपर से चीज़ों को प्रकाश में लाती हैं। कुछ किताबें आपको आपके अंदर के गुणों और अवगुणों की पहचान करवाती हैं। यह किताब आपको एक ऐसी योजना देती है, जो न केवल संपूर्ण प्रशिक्षण के नक्शे को प्रकाश में लाती है बल्कि नक्शे से आपकी पहचान भी करवाती है। इतना ही नहीं, आगे चलकर आपको उस नक्शे पर चलने के लिए प्रेरित भी करती है।

अवचेतन मन की शक्ति के पीछे आत्मबल

मन का प्रशिक्षण और पाँच शक्तियाँ

Total Pages - 160
Price - 175/-

अवचेतन मन किसी अजूबे से कम नहीं। उसे सही प्रशिक्षण दिया जाए तो वह आपके जीवन में अनोखे चमत्कार कर सकता है। पर क्या आप जानते हैं कि मानव जन्म का लक्ष्य क्या है? यदि नहीं तो आपको इस पुस्तक की ज़रूरत है। यह पुस्तक अवचेतन मन की शक्तियों के साथ-साथ आपकी आगे की संभावनाओं पर भी रोशनी डालती है। इस पुस्तक में आप पढ़ेंगे –

* अवचेतन मन को प्रशिक्षित क्यों और कैसे किया जाए?
* इस मन के पार कौन सी ५ शक्तियाँ हैं जो आत्मबल प्रदान करती हैं?
* अपने इमोशन्स को कैसे संभाला जाए?
* अपनी ऊर्जा को एकत्रित क्यों और कैसे किया जाए?
* आत्मबल से पहाड़ जैसे लक्ष्य को कैसे हासिल किया जाए?
* आपकी सही उपस्थिति चमत्कार कैसे करे?
* फल के प्रति उदासीन रहने के क्या फायदे हैं?
* सहनशीलता, धैर्य और अनुशासन जैसे गुण स्वयं में कैसे लाएँ?
* अवचेतन मन की ७ शक्तियों का सार क्या है?

विकास नियम
आत्मविकास द्वारा संतुष्टि पाने का राज़

Total Pages - 176
Price - 100/-

विकास नियम हमारे चारों ओर काम कर रहा है। फिर चाहे वह शरीर का विकास हो, बुद्धि का विकास हो, शहर या देश का विकास हो। यह नियम तो एक बुनियादी नियम है; यह पूर्णता की चाहत है। आइए, इस पुस्तक द्वारा विकास नियम को अपना आदर्श बना दें और विकास की नई ऊँचाइयों को छू लें।

विकास नियम हर इंसान और वस्तु में छिपी संभावनाओं को प्रकट करने का नियम है। यह आपकी संपूर्ण संतुष्टि की चाहत को पूरा करता है। इस नियम के जरिए जान लें जो अब आपके सामने है।

* विकास नियम का महा मंत्र क्या है?
* विकास की शुरुआत कैसे और कहाँ से करें?
* विकास का विकल्प कैसे चुनें?
* विकास पर सदा अपनी नजर कैसे टिकाए रखें?
* आत्मविकास के स्वामी कैसे बनें?
* इंसान की अंतिम विकास अवस्था क्या है?
* स्वयं को और अपने मन की जमाई सोच को कैसे जानें?

विकास नियम के पन्नों में छिपे हैं, ऐसे कई सवालों के सरल जवाब, जिन्हें पढ़ना शुरू करें आज से, याद से...।

– तेज़ज्ञान इंटरनेट रेडियो –

२४ घंटे और ३६५ दिन सरश्री के प्रवचन और
भजनों का लाभ लें,
तेज़ज्ञान इंटरनेट रेडियो द्वारा। देखें लिंक
http://www.tejgyan.org/internetradio.aspx

हर रविवार सुबह १०.०५ से १०.१५ तक रेडियो
विविध भारती, एफ. एम. पुणे पर 'हॅपी थॉट्स कार्यक्रम'

www.youtube.com/tejgyan
पर भी सरश्री के प्रवचनों का लाभ ले सकते हैं।
For online shoping visit us - www.tejgyan.org,
www.gethappythoughts.org

पुस्तकें प्राप्त करने के लिए नीचे दिए गए पते पर मनीऑर्डर द्वारा पुस्तक का मूल्य भेज सकते हैं। पुस्तकें रजिस्टर्ड, कुरियर अथवा वी.पी.पी. द्वारा भेजी जाती हैं। पुस्तकों के लिए नीचे दिए गए पते पर संपर्क करें।

✻ WOW Publishings Pvt. Ltd. रजिस्टर्ड ऑफिस-E-4, वैभव नगर, तपोवन मंदिर के नज़दीक, पिंपरी, पुणे- 411017

✻ पोस्ट बॉक्स नं. 36, पिंपरी कॉलोनी पोस्ट ऑफिस, पिंपरी, पुणे - 411017 फोन नं.: 09011013210 / 9623457873

आप ऑन-लाइन शॉपिंग द्वारा भी पुस्तकों का ऑर्डर दे सकते हैं।
लॉग इन करें - www.gethappythoughts.org
500 रुपयों से अधिक पुस्तकें मँगवाने पर १०% की छूट और फ्री शिपिंग।

e-mail
mail@tejgyan.com

website
www.tejgyan.org, www.gethappythoughts.org

- विश्व शांति प्रार्थना -

पृथ्वी पर सफेद रोशनी (दिव्य शक्ति) आ रही है।
पृथ्वी से सुनहरी रोशनी (चेतना) उभर रही है।
विश्व से सारी नकारात्मकता दूर हो रही है।
सभी प्रेम, आनंद और शांति के लिए खुल रहे हैं, खिल रहे हैं।
विश्व के सभी लीडर्स आउट ऑफ बॉक्स सोच रहे हैं...
विश्व के सभी लीडर्स शांतिदूत बन रहे हैं
विश्व के सभी लीडर्स की इच्छा ईश्वर की इच्छा बन रही है!
धन्यवाद

यह 'सामूहिक अव्यक्तिगत प्रार्थना' तेजज्ञान फाउण्डेशन के सदस्य पिछले कई सालों से निरंतरता से कर रहे हैं। खुश लोग यह प्रार्थना कर सकते हैं और बीमार, दु:खी लोग उस वक्त एक जगह बैठकर इस प्रार्थना को ग्रहण कर स्वास्थ्य लाभ पा सकते हैं।

यदि इस वक्त आप परेशान या बीमार हैं तो रोज ९:०९ सुबह या रात को केवल ग्रहणशील होकर इस भाव से बैठें कि 'स्वास्थ्य और शांति की सफेद रोशनी जो इस वक्त कई प्रार्थना में बैठे लोगों द्वारा नीचे पृथ्वी पर उतर रही है, वह मुझमें भी अपना कार्य कर रही है। मैं स्वस्थ और शांत हो रहा हूँ।' कुछ देर इस भाव में रहकर आप सबको धन्यवाद देकर उठें।

तेजज्ञान फाउण्डेशन – मुख्य शाखाएँ

पुणे (रजिस्टर्ड ऑफिस)
विक्रांत कॉम्प्लेक्स, तपोवन मंदिर के नज़दीक,
पिंपरी, पुणे-४११ ०१७. फोन : 020-27411240, 27412576

मनन आश्रम
सर्वे नं. ४३, सनस नगर, नांदोशी गाँव, किरकटवाडी फाटा,
तहसील- हवेली, जिला- पुणे - ४११ ०२४.
फोन : 09921008060

e-books

•The Source •Complete Meditation
•Ultimate Purpose of Success •Enlightenment
•Inner Magic •Celebrating Relationships
•Essence of Devotion •Master of Siddhartha
•Self Encounter, and many more.
Also available in Hindi at Amazon and Kindle

e-magazines

'Yogya Aarogya' & 'Drushtilakshya'
emagazines available on www.magzter.com

AF104991

www.ingramcontent.com/pod-product-compliance
Lightning Source LLC
LaVergne TN
LVHW041843070526
838199LV00045BA/1416
* 9 7 8 9 3 8 7 6 9 6 6 6 2 *